春暖花开四十年

1978~2018

李少君　丁鹏　主编

时代文艺出版社

图书在版编目（CIP）数据

春暖花开四十年 / 李少君，丁鹏主编．—长春：时代文艺出版社，2018.10

ISBN 978-7-5387-5818-4

Ⅰ.①春… Ⅱ.①李… ②丁… Ⅲ.①诗集－中国－当代 Ⅳ.①I227

中国版本图书馆CIP数据核字（2018）第108153号

出 品 人　陈　琛
产品总监　郭力家
责任编辑　陈秋旭
装帧设计　李　斌
排版制作　毛倩雯

春暖花开四十年

李少君　丁鹏　主编

出版发行 / 时代文艺出版社
地址 / 长春市泰来街1825号　时代文艺出版社　邮编 / 130011
总编办 / 0431-86012927　发行部 / 0431-86012957　北京开发部 / 010-63108163
官方微博 / weibo.com / tlapress　天猫旗舰店 / sdwycbsgf.tmall.com
印刷 / 三河市万龙印装有限公司
开本 / 710mm × 1000mm　1 / 16　字数 / 518千字　印张 / 30
版次 / 2018年10月第1版　印次 / 2018年10月第1次印刷　定价 / 58.00元

图书如有印装错误　请寄回印厂调换

序

2018年4月10日，习近平总书记在博鳌亚洲论坛2018年年会开幕式上的主旨演讲中说："1978年，在邓小平先生倡导下，以中共十一届三中全会为标志，中国开启了改革开放历史征程。从农村到城市，从试点到推广，从经济体制改革到全面深化改革，四十年众志成城，四十年砥砺奋进，四十年春风化雨，中国人民用双手书写了国家和民族发展的壮丽史诗。"

确实，改革开放四十年，本身就是一首诗，一首大诗，一首史诗。而诗歌界，也一直以自己火热的激情投身于改革开放的伟大实践，为之抒情，为之讴歌。

改革开放四十年，无论是在思想解放运动的思潮激荡之中，还是在探索奋斗的艰难征程之中，乃至在日常生活的细微变化与审美变革之中，诗歌界都有所反映，有所描述，有所指向，有所引导。

诗歌一直肩负着解放思想、启蒙观念、变革社会、倡扬新的美学原则和生活方式的重任，而这一重任，可以说和百年新诗的使命是一脉相承的。

改革开放之初，新诗可以说又接续了五四传统，就是充当思想解放和文学革命的先锋，开拓新的感受方式和美学追求。在每一重大历史时刻，诗歌都站到了时代的前列。

1970年代末，一种新的诗歌思潮出现，呼唤改革开放，呼吁“新人”的诞生，强调追求个性，寻找自我，呼唤人性的回归和真善美，具有强烈的启蒙精神、批判思想和时代意识，成为一种新的诗歌表达方式和美学追求。舒婷等则对自由恋爱及男女平等的新的生活方式给予肯定，强调人性之美的回归，对日常生活之美的回归，在《致橡树》等诗中，她呼唤真正的深刻平等的爱情、友情。这种新的美学追求，也得到了部分评论家的肯定，其中尤以谢冕、孙绍振和徐敬亚为代表，他们称之为“一种新的美学原则的崛起”，为其确定追求人性人情人权的准则，从而为其提供合法性正当性正名。这和五四何其相似。

随后是文学寻根时期，也是向内寻找传统的阶段，更在“国学热”、文化保守主义潮流中日趋加速，朦胧诗和第三代诗人中已有部分诗人开始具有自觉地将传统进行现代性转换的创造意识，这个时期也可以说是一个文学自觉的时期，民族本土性主体性意识开始觉醒。寻根思潮持续性很强，出现了许多优秀的作品，其意义还有待进一步挖掘梳理。

第三个阶段出现在21世纪诗歌开初，其中最重要的一个背景是互联网及自媒体的出现及迅速普及，还有中国的崛起，全球化的加速，促进中西文化与诗歌大交流大融合，激发创造力。我称之为诗歌的“草根性”的时期，这是向下挖掘的阶段，也是接地气和将诗歌基础夯实将视野开阔的阶段。

所谓诗歌的“草根性”，我写过一篇文章《天赋诗权，草根发声》，大意是每个人都有写诗的权利，但能否写出诗歌和得到传播还需要一些外在条件，比如要有一定文化水准，也就是说得先接受教育，现在正好是一个教育比较普及的时代。然后，写出来能得到传播，网络正好提供了一个新的传播渠道和平台，博客、微博、微信这样的自媒体对诗歌传播更是推波助澜，这些外在条件具备了，诗歌的民主化进程也就开始了。新的创作机制、传播机制、评判机制、选择机制与传播依赖纸刊、编辑的机制相比，发生了变化。诗歌进入一个相对大众化、社会化也是民主化的时代。当然，一个人是否能成为好诗人还有天赋等问题，诗有别才，但大的趋势基本如此。所以，我将“草根性”定义为一种自由、自发、自然并最终走向自觉的诗歌创作状态。

这个时代的一个标志就是底层草根诗人的崛起，被称为“草根诗人”的有杨键、江非等最早引起注意，而打工诗人郑小琼、谢湘南、许立志等也被归于这一现象，2014年底余秀华的出现，使“草根诗人”成为一个具有广泛社会影响力的现象，达到一个高潮；另一个标志是地方性诗歌的兴盛，中国历史上就有地方文化现象，古代有“北质而南文”的说法，江南文化、楚文化、齐鲁文化、巴蜀文化等使得中国文化呈现活力和多样性。当代地方性诗歌也有相互竞争、相互吸收、相互融合的阶段。雷平阳、潘维、古马、阿信等被誉为代表性诗人。而少数民族诗人的兴起也可以归入这一现象，如吉狄马加等少数民族诗人，为当代诗歌带入新的诗歌因素，并成功进入主流文学。还有一个现象是女性诗歌的繁荣。这也与网络的出现有一定关系。女诗人几乎人人开博客和微信微博等自媒体。自媒体有点像日记，又像私人档案馆，还像展览发布厅，自己可以做主，适合女性诗人。女诗人们纷纷将自己的照片、诗歌、心得感受、阅读笔记全部公开，并吸引读者。我曾称之为“新红颜写作”现象。其背后的原因则是女性接受教育越来越普遍，知识文化程度提高，导致女诗人大规模的涌现，超过历史任何一个时期，释放出空前创造力，并深刻改变当代诗歌的格局，引起广泛关注。而且，女性占人类一半，其创造性的释放，在某种意义上具有人类文明史的意义。

但最重要的是，需要一个向上超越的阶段，也就是一个新时代。在这个阶段，有可能确立新的美学原则，创造新的美学形象，建立现代意义世界。

历史上曾出现过这样的时期，盛唐诗歌就创造了古典美学的典范。李白是自由、浪漫的象征，他背后代表着道教的精神。杜甫是深情、忧患的典型，他的感时忧国是一种儒家传统。王维则是“超脱、超越”的形象，他有佛家及禅宗的关怀。在古典文学中，由于文史哲不分家，诗歌里本身包含哲学观念和历史经验，诗融情理，诗人们集体创造了一个古典的意义世界，为社会提高价值和精神，至今仍是一个美学和意义的源头。

我们正在进入一个全新的时代，一个中华文明全面复兴的时代，在这样的时代，诗歌可以大显身手。我猜想，这样的时代的诗歌可能有这么一些特征：

这是一个强调主体性建构的时代，人民的主体性，民族的主体性，国家的主体性，创作者个人将之最终融为一体，加以肯定强化和不断超越，提炼核心价值，成为强大的具有普世性的精神力量；这是一个新意象新形象不断被创造出来的时代，时代英雄，复兴征程，高速高铁，青山绿水，绿色发展，平等正义，民生保障，精准扶贫，安居乐业，都可以成为抒写对象，成为诗歌典型；这是一个新的美学开疆拓土的时代，伴随全球化，一带一路，海洋世纪，航天探索，命运共同体，放大了人们的想象力，激发了新的理想信念和创造力，进而催生出新的生活方式和价值观，催化出一种既葆有中国特色传统根底又具有全球开阔视野和胸怀的新的美学思想和文明观念。

于是，我们编选此书。全书大多从1978年至2018年之间发表在《诗刊》上的作品中精选而出，也包含其他刊物公开发表的作品，共计202首。为了更加清晰地通过诗歌作品展现四十年间国家及社会的变化，我们以十年为一辑，将整书分成了四个专辑。然而，这个时代是优秀诗歌层出不穷的时代，选取过程中一定会遗漏很多其他好的作品，不足之处还望读者包涵指正。

李少君

2018年6月8日

目录

第一辑　献给所有的改革家们

第二辑 中国吟

第四辑　起飞中国

第一辑

献给所有的改革家们

长江咏叹调

孙静轩

哦，长江，你缓缓流动的大江，
你吐着白色的泡沫，满是旋涡的大江，
我曾多次地把你造访，
一次又一次地，
顺江而下，又逆水而上，
你那擂鼓般的轰鸣，
曾激起我一派豪情，
你那不尽的滔滔流水，
曾使我沉湎于一片遐想；
但是，长江呵，
我从不曾为你唱一支歌，
献给你一篇赞美的诗章；
是的，我不想描写那山光水色，
那不过是大自然的遗产；
不是吗？五千年前一带江水，
如今依然是旧时模样……
多少个王朝，多少个显赫的帝王，
曾有谁肯为你呕心沥血，为你增光？

呵！长江，只有我们的共和国，
才为你揭开了一页崭新的史章，
短短的三十年呵，
胜似那五千年虚度的时光，
即使那水底的一块礁石，
水面的一叶扁舟，
也格外有了生气，变得不同凡响……
但是，不忙去接受祝贺，
也无须踌躇满志，自我赞赏，
才只是像幼儿学步，
像雏鹰刚扇动翅膀，
不是吗？长江，
不过是炸飞了几块礁石，
设置了几盏夜航的灯光，
也不过两岸盖几幢新楼，
水面上架起了几座桥梁……
为什么要隐瞒？
仍有那古代的木船小舟，
船夫们摇橹划桨，
仍有那躬背弯腰的拉纤者，
走在风雪中，穿着破烂的衣裳；
为什么要隐瞒？
峡谷里仍有人刀耕火种，
仍有人栖身于简陋的草房……

不错，黄浦滩总算造出了万吨货轮，
但又何须大吹大擂，吵吵嚷嚷？
难道我们的民族，
一千年前没有开凿出运河，
两千年前没有筑起过万里城墙？
难道不是中国最先发明罗盘，
难道中国不是火药和纸的故乡？
……
三十年呵，不算太短，
五千年更是漫长，
可是，我们的民族，却总是跨着慢步，
就像那江中的回水，
老是回旋在原来的地方！

呵！告诉我，长江，
难道我们不是一个伟大的民族，
没有过强盛的汉、唐？
难道我们的人民没有才智，
没有热情，没有丰富的想象？
不！即使中华民族的一个细胞，一粒分子，
也含有无限的光能和热量，
我们民族的每一颗种子，
不管撒播在哪一片土壤，
它都会萌芽茁条，开花结果，

放射出灿烂的光芒；
既然有勤劳、勇敢的人民，
又有这广阔富饶的土壤，
为什么却不能同西方并驾齐驱，
而像一个小脚女人，
一步三寸，扭扭捏捏，摇摇晃晃？
答案是如此清楚，
又何必吞吞吐吐，遮掩真相？
不正是三千年的封建制度，
给我们遗留下太深的创伤，
不正是闭关自守的偏见，
死死地禁锢着我们的思想？
铁皮的厚门关闭着，
使我们看不见天外有天，
山外有峰，江外有博大的海洋……

有人说，我的诗牛头不对马嘴，
不该把长江比作故步自封的形象。
难道我没有民族的自豪，
难道我不爱祖国的长江？
不！长江，你闪光的漪涟照亮了我的生命，
你滚滚的波涛时刻在我的心里回响，
我爱你，愿为你献出一切，
就像爱我的母亲一样，

不！长江，不要听那些廉价的颂歌，
会使你昏昏欲睡，倒卧在柔软的床上，
不！长江，不要沉湎于夜郎的旧梦，
我呼唤你青春的活力，奔放和粗犷，
呵！长江，冲刺吧，奔腾吧，
冲出峡口，跳出夔门，
奔向那广阔无垠的海洋；
不，你需要展开双翼，腾空而起，
在地球的上空自由飞翔，
饱览那莱茵河两岸的景色，
观赏那密西西比河的风光……
呵，长江，并非我妄自菲薄，
有意把民族的尊严损伤，
敢于吸收，敢于容纳，
正显示一个伟大民族的自信和力量，
假若一个民族畏惧影响与同化，
关上门窗，再筑起一道墙，
就像一只画眉鸟，
躲在笼子里，把自己的羽毛欣赏，
那恰恰表明自己虚弱，
害怕在疾风中折断翅膀。
不！我们是伟大的民族，
我们的头脑健全，心胸宽广，
我们充满自信，具有博大的器量，

古老的“丝绸之路”，
曾留下我们光荣的脚印，
郑和率领的庞大船队，
早已游历过非洲海岸的商港……

哦！长江，滚滚奔腾的长江，
今天，我才第一次放声歌唱，
因为，今天你才开始了新的长征，
开始了前程似锦的远航；
长江呵，你该听见了喜讯，
以华主席为首的党中央，
以无产阶级的远见和气度
打开了伟大祖国的所有门窗，
让亚得里亚海的风吹进来，
让大西洋的气流飘进来，
让富士山的创造之花，多瑙河的智慧之树，
在我们的土地上喷艳吐香；
呵！长江，伸出你的手臂，
敞开你的心房，
接待那陌生的远客，
吸取那你所不惯的营养……
不要理睬那些遗老的窃窃私语，
还有那阿Q的吵吵嚷嚷……

哦！长江，新时代的长江，
奔腾吧，疾驰吧，飞跃吧，
沿着四个现代化的方向——
我知道，一旦把闸门打开，
你就会卷起热情的巨浪，
喷出强力的热，
放出巨大的光！

1979年2月

西沙群岛情思

李　瑛

其　一

白天，你是片片云影，
夜晚，你是阵阵涛声。

你是一朵朵花，怒放的小白花，
你是一颗颗星，雨后的星。

你是一枚枚大海遗落的贝壳，
是贝壳，却并未失去生命；

你是一粒粒天宇滑坠的石子，
是石子，却有血管和神经。

你是一只只待发的舰艇，
只等待警铃骤响。

你是一座座威严的城，
转眼，会使山呼海啸，天摇地动！

其　二

风推浪涌，苍茫海天，
何等广阔无垠的空间！
呵，我来了，乘一只小小的船。

西沙，多久了，我想念你，
因此，尽管是一片树叶般的小船，
我心头却有一架最精确的罗盘。

吞尽八千重如峰的浪，
越过九万架涛涌的山——
你好呵，珊瑚，琛航，金银，甘泉[①]……

感谢你，站在舷梯旁迎接了我，
用母亲温暖的手臂，
父亲谦和的容颜。

难道你不也是生我养我的家园，
一切——似乎有些陌生却又何等熟稔，
收下吧，我的满怀柔情，满腔誓言。

西沙哟，我知道——

① 珊瑚，琛航，金银，甘泉，均系西沙群岛中的岛名。

在你的记忆里，有甜蜜也有辛酸，
而我和我的枪却只有羞惭。

请原谅我来得太晚，
对于战士，我感到耻辱，
当年，未能赶来捍卫你神圣的尊严！

再不许有过去，再也不许，
且把昨天的记忆和珊瑚的骨骼一起，
结成化石，铸作礁盘。

让我们记住你的历史，
——记住过去，便会更爱明天，
明天呵，誓让这奔腾的海永远化作欢歌一片！

其　三

这里有天蓝的鳍，金黄的尾巴；
这里有发光的鳞片，透明的铠甲；
这里有飞鱼，
拍着雪白的鳍翅，
穿过海浪像锋利的箭；
这里有褐色的脊背，
像礁石，
喷着水花；

这里有珊瑚群，
朱红的、淡黄的、墨绿的
珊瑚群的骨骼，
密集着，
如松枝鹿角，似野菊葵花；
这里有疾飞的鸟，
闪电般掠过迷蒙的涛浪，
扯出一道道
黝黑的翼尖，明亮的眼睛，橘红的脚爪；
这里有晶莹的珍珠，
姑娘说它是大海的露水，云的眼泪；
这里有斑斓的贝壳，
孩子说它属于传说，属于童话；
这里有茂密的海草，
生来就无休止地
摇曳，飘荡：
绿的——像葡萄藤的须蔓，
紫的——像柔软的轻纱；
这里，拂晓有
火红的朝晖，乳白的雾气，
黄昏有
惊心动魄的落日，五彩的云霞；
而夜深，满天星星会拍着翅膀，
纷纷到大海沐浴，

据说：一颗颗，一颗颗，
有的变成宝石，
有的变成金砂，
有的变成闪光的种子，
在海底发芽……

蓝蓝的大海拥抱着这一切，
青青的苍穹覆盖着它。

到处是流动的色彩，
到处是奇幻的光，
到处是跃动的活泼的生命，
呵，西沙！

其　四

这里，礁石的性格像长城，
这里，野浪的涛韵像黄河；
这里长着长城脚下摇曳的茅草，
这里埋着黄河岸边烧制的瓦钵。

这沙滩曾晒过汉代渔民的网，
这岩缝曾架过唐代水手的锅；
这是事实，不是传说，
层层波涛早写进浩繁的史册。

如今，我来寻访先民的脚印，
仿佛闻到了他们的炊烟和鱼香，
看见了他们泥土般肤色的胸膛和胳膊，
以及那一声声一声声推船的歌……

我不知道这云朵似的白帆，
可来自榆林？文昌？琼海？
却知道这千万年前奔腾的浪花，
曾映出周口店山洞的篝火……

静静里，我听见每架罗盘都庄严宣告：
这是西沙，中国的西沙！
而无际的浪涛高高地跳起来说：
中国没有西沙就不是中国！

其　五

今天，在小小的珊瑚岛上，
望着祖国漫无涯际的大海，
我忽然看见我曾认识的万千江河和小溪。

那些沉在我的童年的记忆里的——
阴云紧锁的呜咽的江河，
摇着尾巴哭叫母亲的小溪；

那些流过我年轻的心头的——
映着硝烟炮火的雄浑的江河，
饮过我的战马的发光的小溪；

那些昨天在我眼前匆匆闪过的——
汽笛烟缕、千帆竞渡的江河；
转动着小小涡轮机组的喧闹的小溪……

呵，我的生命中的千山万水哟，
你们是否还记得我和当年的岁月？
——有风霜，有阳光，又有云雨……

如今，在这奔腾汹涌的大海边，
我一齐寻到了你们以及那些
失却的故事，逝去的日子。

今夜，我该有快乐的梦了，
因为它们将重新一一流过我的枕边，
使我想起时间、空间、人生和我自己……

其　　六

向东，向西，向北，向南，
极目远海，像平面几何巨大的圆：
茫茫无际的海水，你涌向何处？

朗朗天宇呵，真个是风光无限！

赭黄，淡绿，深青，藏蓝，
闪光的碧水镶着褐色的礁盘；
礁盘上托着洁白的沙粒，
鲜艳的五星红旗在碧空招展。

莫不是我又回到了辽阔的呼伦贝尔草原，
莫不是我又攀上了云海翻腾的阿佤山，
昆仑雪岭的磅礴，毛乌素沙海的浩瀚，
此刻呵，一齐扑向眼底眉尖……

祖国哟，多么娇娆，多么壮丽而奇幻，
骄傲吧，中华儿女，你的血，你的汗；
生活，有谁比我们更令人艳羡，
建设她，保卫她，且看明天！

1979年3月

现代化和我们自己

张学梦

一

当然不能说
苦恼是欢乐的孪生兄弟。
可是，就在我们给现代化建设
剪彩的最欢乐的时刻，
苦恼也悄悄地占据了
我心房的一隅。
望着
我们宏伟的目标，
我突然感到
精神的苍白、
肺腑的空虚。
仿佛我是腰佩青铜剑的战士，
瞅着春笋似的导弹发呆；
仿佛我是刚刚脱掉尾巴的
森林古猿，
茫然无知地
翻看着四化的图集。

我苦恼
知识库房的
贫困，
脑海里
那几毫升文化之水，
已经濡不湿龟裂斑斑的
干涸基底。
什么是现代化？
你能为她干些什么？
你掌握着哪一种科学武器？……
难道能这样地响亮回答——
“我无知。”
相信吧
这是一条生硬的淘汰法则，
相信吧
这是一条无情的进化规律：
跟上队伍的
一同前进，
掉队的
终被丢弃。
怎能设想
叫奔驰的时代列车
停下来，
再等你

半个世纪？！
问题是尖锐的，
谁也不能回避！
那么，思考这个问题吧，
现代化和我们自己。

二

党的十一届三中全会公报
响起新颖的汽笛，
她像历史唯物主义的新篇
豁然把我启迪：
过去的
已经刻写在
纪念碑上，
辩证法
很自然地
淘汰着过去。
向前看吧！
重要的永远是现实和未来，
任何东西都会陈旧的——
知识、经验、生命、荣誉……
为了获得永不衰竭的力量，
必须不断地把新的营养
汲取。

我读着公报，
看见一扇布满铆钉的大门
吱扭扭打开，
灿然展现出
四化远景的壮丽；
看见公报上的铅字
突然向我飞来，
飞来一片陨石雨般的问题：
“你将怎样去实现新时期总任务？
你用什么去推动社会生产力？
思想的银燕有没有从额顶起飞？
臀上小生产的胎迹有没有擦去？
你能看懂四个现代化的蓝图吗？
哪些科学家头像是时代的标记？
你认识电子、核糖核酸和数码吗？
你掌握哪些先进的生产技艺？
你能飞跃吗？
一秒钟几公里？
你懂得几种语言？
能驾驭哪些客观规律？
……
只有革命的热情？
只有发达的肱二头肌？
已经不够了！很不够了呀……”

是的，我知道！
请放心吧，我不畏惧
这些陌生的课题，
现代化建设需要的新知识，
我决心去获取！
为了不成为永久的傻瓜，
为了能担起历史责任，
我——
学习。

三

一间破旧简陋的小屋
冒着沥青的有毒烟气，
这里埋藏着
科学的双星——
居里夫人和居里。
他们在干些什么？
不知疲倦地搅拌着
矿渣，
像一对
古罗马的奴隶。
你知道吗？
那把打开原子时代大门的钥匙
就是从那几十吨矿渣

和他们的心血中
提取。
怎能不赞美
那水晶一样透彻的心灵?
那创造性的艰苦劳动?
那锲而不舍的毅力?
同志，当代需要一个科学的灯塔、
当你需要榜样的时候,
我建议
向居里夫妇
学习!
不学无术不过是清醒的白痴,
炫耀愚昧粗野早该受到鄙夷,
浮到现代科学文化的水平线上来吧,
别像沙蚕似的匍匐海底。
祖国的四个现代化刚刚起步,
愿我们都能和她并驾齐驱。
人的现代化容易吗?
这可不能比作
换换帽子或衬衣,
哲学上
这是个痛苦的扬弃过程,
如同一只第四纪的猴子
艰难地攀缘着

一道道进化的阶梯。
但是，
和我一样吧，
满怀信心地跨上
新的征途，
不承认自己
是根朽木，
或是一只
不能摆脱贝壳的牡蛎。
投入四化的熔炉
任其冶炼，
躺在铁砧上
接受锤击。
我们可以造就！
只要实践那句能动的格言：
学习、学习、再学习。
当然，不是唱一阵高调了事，
不是镀层金镍之类闪光的东西；
要像居里夫妇！像镭！
而不要还是——
精美包装过的——
垃圾！

四

也许，我说得
过分严重了，
你看，我们的日常生活
不是更加平和安谧？！
确实，这个转变
既不像一块大陆的沉没，
也不像一条山系的隆起。
但是，我却感触到
这场静悄悄的革命
是多么深刻、
严厉。
我知道，我还必须
用几箱子药皂
把装心思的地方
彻底洗一洗；
铲除阴暗处的苔藓
和洪泛过后
沉淀的污泥。
像消灭霍乱杆菌
和梅毒螺旋体那样，
消灭
封建的、资产阶级的

低下心术，
用红色的三中全会公报
把全身的血液
重新过滤。
必须这样。
站在同志们中间
心灵不但充实活跃，
而且洋溢着
共产主义道德的纯正气息。
我知道，私生活
并不是个人的珊瑚礁。
像金属晶格似的
一幢幢宿舍大楼的
每个房间，
都上演着时代的戏剧。
家庭
这个摆着双人床、
小书架和碗橱的地方，
这里
你作为丈夫妻子、
父母和儿女，
不是中国式的山寨主，
不是小恺撒、伊凡雷帝。
尽情地爱吧，

像马克思燕妮那样
真挚而热烈，
为什么不可以倾诉缠绵的心曲？
为什么不可以欣赏盛开的雏菊？
四个现代化
不要求我们变成
冰冷的“机器人”，
相反，
她将使我们的情感
更加丰富而细腻。
努力使自己现代化吧！
难道这不是一个
烧着了眉毛的问题？
在二〇〇〇年的门栏上
挂着这样一块木牌：
“愚昧无知的人勿进！”
是真的！是真的！！
学习吧！！！
现代化的人们哪，
我赞美你。

1979年5月

祖国呵，我亲爱的祖国

舒　婷

我是你河边上破旧的老水车，
数百年来纺着疲惫的歌；
是你额上熏黑的矿灯，
照在你历史的隧洞里蜗行摸索；
我是干瘪的稻穗；是失修的路基；
是淤滩上的驳船
把纤绳深深
勒进你的肩膊；
——祖国呵！

我是贫困，
我是悲哀。
我是你祖祖辈辈
痛苦的希望呵，
是“飞天”袖间
千百年来未落在地面的花朵；
——祖国呵！

我是你簇新的理想，
刚从神话的蛛网里挣脱；
我是你雪被下古莲的胚芽；
我是你挂着眼泪的笑窝；
我是新刷出的雪白的起跑线；
是绯红的黎明
正在喷薄；
——祖国呵！

我是你的十亿分之一，
是你九百六十万平方的总和；
你以伤痕累累的乳房
喂养了
迷惘的我、深思的我、沸腾的我；
那就从我的血肉之躯上
去取得
你的富饶、你的荣光、你的自由；
——祖国呵，
我亲爱的祖国！

1979年7月

彩 色 的 诗

——读《林风眠画集》

艾　青

画家和诗人
有共同的眼睛
通过灵魂的窗户
向世界寻求意境

色彩写的诗
光和色的交错
他的每一幅画
给我们以诱人的欢欣

他所倾心的
是日常所见的风景
水草丛生的潮湿地带
明净的倒影、浓重的云层

大自然的歌手——
篱笆围住的农舍

有一片蓝色的幽静
远处是远山的灰青

山麓的溪涧和乱石
暮色苍茫中的松林
既粗犷而又苍劲
使画面浓郁而深沉

也有堤柳的嫩绿
也有秋日的橙红
也有荒凉的野渡
也有拉网的渔人

对芦苇有难解的感情
从鹭鸶和芦苇求得和谐
迎风疾飞的秋鹫
以低压的云加强悲郁的气氛

具有慧眼的猫头鹰
抖动翅膀的鱼鹰
从公鸡找到民间剪纸的单纯
从喧闹的小鸟找到儿童画的天真

新的花、新的鸟

新的构思、新的造型
大理花的艳红、向日葵的粉黄
洁白的荷花、绣球花的素净

柠檬嫩黄、苹果青青
樱花林中、小鸟啼鸣
线条中有节奏
色彩中有音韵

凌乱中求统一
参错中求平衡
玻璃的杯子、玻璃的缸
细颈的古瓶、古装的美人

1980年1月

月亮，月亮，请你告诉我

曾　卓

月亮天上走，
我在地下走，
月亮和我是好朋友。
月亮向我微微笑，
我对月亮招招手。

月亮月亮你下来，
没有桥，没有路，
你顺着月光的小河流下来，
来到我家大门口，
我敬个礼，拍拍手，
欢迎远方的好朋友。

月亮月亮，请你告诉我：
天上的云彩有多少片？
天上的星星有多少颗？
你在天上寂寞不寂寞？
你对大地低声唱的是什么歌？

月亮月亮，再请你告诉我：
哪儿的森林永不老？
哪儿的花朵开不败？
哪儿的少年比我们更快乐？
哪儿比我的祖国更可爱？

1980年5月

织 与 播

杨 炼

织

我的心在这里出现
当灵巧的手
轻轻飞起
像蝴蝶旋绕春天
当经线和纬线
交织伸展
在远方
变成嫩绿的苗垅和渠道
变成小路和散发幽香的山
变成风和树林、桥和船
变成孩子们的歌谣
和老年人的微笑
变成整齐的蓝色厂房
和荒野上新生的第一缕炊烟
变成劳动和幸福
——我的心在这里出现

织吧、织吧

把流泪的和欢欣的日子
织在一起
把结冰的和开花的季节
织在一起
把回忆和希望、悲哀和热情
织在一起
——织出我的心
织出代替叹息的歌声
织出玫瑰色的天空和弧形的
地平线
生活就在这里重新开始
每个人的心上传递着昨天和
明天

织吧、织吧

昨天每留下一丝黑暗
我们就要织出一个太阳
昨天每扯断一根纤维
我们就再织出一条丝绸之路
让光明和美
流遍大地，流向明天

把理想和旗帜织出来吧
把黎明的喜悦织出来吧
——我的心啊在这里出现
当纯洁的、可爱的
露水
悄
悄
滴湿了时间……

播

我梦见：我是一片麦浪
成熟地摇动着千千万万个
太阳
灼热的风也变得金黄
轻轻为我唱着一首
芬芳的歌
像老人的微笑那样柔和
像隐隐约约的祝福来自远方

把我的祈愿播下去吧
把我的爱情播下去吧

让我深深埋进温暖的土地
让我的血液与地下的河流融到一起

滋润在痛苦的日子里
渐渐干枯的心房
我是积蓄着生命的种子
绿色的火熊熊燃烧
我要举起嫩芽的手臂
伸向光、伸向太阳
——大地给了我战胜一切的勇气和力量
包括战胜冷酷的命运和死亡

把我的心灵播下去吧
把我的未来播下去吧

我骄傲：我和大地是这样亲近
即使冬天的冰雪遮暗了星星
我也相信春天、相信希望
相信经过艰难生长
而必然到来的收获
相信幸福和喜悦就在这坚贞里蕴藏
只有创造富足是我的责任
无论风暴过去或未来怎样抽打
我将用飘动在所有村庄上空的丰收之歌
吻合自己的创伤
然后，看着我的孩子们
欢笑，奔跑

去追逐新的梦想

把我的信念播下去吧
把我的誓言播下去吧

1980年8月

黎明，一片薄光里

陈敬容

在所有的树梢
在所有的屋脊
在一重重山岭
和你，每一道飞泉
纷沓的足音
透过一团团星云
响在我耳边，

行吟泽畔的屈子啊
可有什么必要去问天[①]
天吗，也不过一层层云气
云层外，那些星星
顽皮的眼睛忽闪忽闪
向着热闹的人间觑看

我曾在梦中听到

① 屈原的《天问》，向老天提出了有关自然界和人类历史上许多奇怪的问题，其中有好些实际上是对当时不合理现象的抨击。

历史悠久的塞纳河
静夜中呢喃絮语
我曾在梦中见到
伦敦，晴朗的天宇
遍地的如茵草坪
(虽然它真的有过
“雾伦敦”的诨名)[①]

意大利的海水阳光
西班牙的手鼓
奇幻的北极光下
奔跑的驯鹿
各样高山、大漠和绿野
无数河海、湖泊与小溪
以及其他等等、等等
它们都曾经牵引
我夜夜奔突的梦魂

有如敦煌壁画的多姿多彩
有如希腊雕塑的瑰丽丰富
有如墨色淋漓的写意山水

① 伦敦或巴黎等地方，都只在地图上和画册上见过，在书籍里读过。但在我有限的知识仓库里，却长时期存留着“雾伦敦”的印象。有个朋友访英归来，我照老黄历问起“雾伦敦”情况，朋友倒没笑话我的孤陋寡闻，只是回答说伦敦的工业污染问题早已解决，天空清朗，地上一片绿色，草坪随处都是。

有如印象派绘画的光和影
明快而繁复

这不是你吗，莫扎特
你的《魔笛》里
飞出过多少欢欣
最后却把《安魂曲》
谱给自己
也谱给不公平的世纪[1]

文姬的胡笳[2]
萦回过两千年前
苦难儿女的哀怨
长吉写箜篌[3]
调动过天上地下
人与神
木石和虫鱼

屈子的《离骚》
但丁的《神曲》篇篇[4]

---

① 莫扎特(1756—1791)，奥地利伟大作曲家，由于贫困潦倒，盛年早逝。《魔笛》和《安魂曲》都是他的乐曲名篇。

② 蔡文姬的《胡笳十八拍》，通过她自身的遭遇，描绘了汉朝末年的离乱。

③ 唐代著名诗人李贺，字长吉，《李凭箜篌引》是他有名的诗篇之一，以想象奇谲著称。

④ 但丁是中世纪意大利伟大诗人，其名著《神曲》分为《地狱》《炼狱》《天堂》三部，都各包含着许多篇章。

从遥远年代
照耀到今天
李白与杜甫
如万丈光焰[1]
他们可曾想排挤
古今中外诗坛上
闪露独特光辉的
各种星点？

我看见马雅可夫斯基
含着讥讽而热诚的微笑
朗诵他的那一篇
日后为列宁称道的《开会迷》
我看见里尔克沉思在古堡[2]
白发的瓦雷里漫步海滨[3]

我听见饱经忧患的密斯特拉尔
和嗓音洪亮的聂鲁达
先后在智利海峡

① 唐代文章大家韩愈曾在一首诗里咏赞："李杜文章在，光芒万丈长……"。

② 里尔克(1875—1926)，奥地利现代杰出诗人，其名著长诗《杜依诺哀歌》，于晚年在瑞士的缪佐地方一个古堡中写成。

③ 瓦雷里(1871—1945)，旧译梵乐希，法国现代杰出诗人，代表作《海滨墓园》写成于晚年。

深情歌唱①

荒原上，忧心忡忡的艾略特②

往返地徘徊低吟

隔着大西洋

希克梅特和西门尼斯③

唱着各自乡土的恋歌

抒发各自的梦想和希望

从那曾经是万神之邦的希腊

如今，又一位诗人

奥·埃利蒂斯④

弹送来竖琴的清响

多少声音

响起在不同的时代

多少脚步

行走在不同的地方

---

① 密斯特拉尔(1889—1957)，现代智利杰出的女诗人，青年时期历经忧患，中年后才有了较为广阔的生活。她于1945年获诺贝尔文学奖，为拉丁美洲获得该奖的第一人。聂鲁达(1904—1973)，著名诗人，曾在五十年代两次访问我国，并与诗人艾青结下友谊。1971年获诺贝尔文学奖。

② 艾略特(1888—1965)，现代英国杰出诗人兼批评家，《荒原》是他的代表作。他出生在美国，晚年也在美国度过。1948年获诺贝尔文学奖。

③ 希克梅特(1902—1963)是现代土耳其杰出诗人，曾被反动当局囚禁多年，出狱后在国外病故。西门尼斯(1881—1958)，现代西班牙杰出诗人，后移居波多黎各，并在那里病逝。1956年获诺贝尔文学奖。

④ 奥·埃利蒂斯(1911—1996)，当代希腊著名诗人，1979年诺贝尔文学奖获得者，1980年第一期《世界文学》和《外国文艺》及《诗刊》三月号，都翻译介绍了他的作品。

美好的理想和情操
把深思的心灵
燃烧起来

黎明，一片薄光里
思维大敞着门窗
想象是一双
生机蓬勃的翅膀
自由地翔舞
在高不可及的天空
和远远近近
辽阔的大地

大地上有亲爱的祖国
有陌生的绿洲和岛屿
有不同肤色
又陌生又亲切的
众多姊妹和兄弟

安徒生的美人鱼啊[1]
你还坐在那块岩礁上
倾听大海涛声吗

---

① 全世界老少读者普遍喜爱的伟大童话作家安徒生，实质上是一位诗人。记得青年时期翻译过的他的童话中，有一篇是写美人鱼的，现手头无原书，无从查考了。

那涛声
也同样汹涌澎湃
在万千里外
一个东方诗人
我的耳际

啊，我的大地
永远，我要拥抱你
有时，哎，也要鞭挞你
当树木告别长夜
重新舒吐
绿色的呼吸
当禽鸟告别噩梦
重新扑动
欢乐的羽翼

黎明，一片薄光里
想见天尽头
年轻的朝阳
从湛蓝海上
冉冉地升起

1980年9月

地头，有一双鞋

王小妮

地头，
端端正正摆了一双鞋，
是哪个会过日子的老汉？
也许只是想和土地贴得近些？
——沙沙锄地的声音，
满眼是油绿油绿的玉米叶。

那玉米都很壮实，
一定会长出金子一样的颗粒。
那双鞋还很新呢，
针脚儿又细又密。
——远处，是谁，
用粗犷的嗓音唱着戏。

歇响的哨子响了，
庄稼地里钻出一个青年，
很端正，很壮。不！是很美，
太阳像他巨大的耳环。

——他笑着嚷着跳着：
“我的宝贝鞋还在那边。”

他拍了拍鞋上的灰尘，
看了看自己沾泥的脚掌。
他把鞋夹在胳肢窝下面，
太阳把大路晒得滚烫滚烫。
——咚咚，咚咚，咚咚
赤脚踏在古铜色的土地上！

1980年10月

每天，我骑车穿过城市

刘湛秋

虽然天空没有鸟
但地上是欢乐的
虽然灰雾像低垂的布幔
但云上面的天空一定是蔚蓝
虽然路的两侧没有草坪
但也没有越不过去的栅栏
虽然讨厌的喇叭敲击着神经
但车上总是把建设的器材装满
虽然柜台后面的面孔不是全带微笑
但五光十色的商品依然能使人温暖
虽然自行车轮密得像梳头的篦子
仍能筛过笑声和女人的发香
如果能飘落北方少见的雨点
那准是大自然挤出葡萄的甜浆

一个光明彩色斑斓的世界
在我的车轮下转动
一张张各不相同、表情丰富的脸

在我眼睛的湖水中跳荡
无论是快活的，还是愁眉不展的
无论是美貌的，还是多皱纹的
都充满着人的魅力
都闪动着生命的光芒

啊，就是做梦
也不要梦见掉进沙漠
或跌进看不见人的古井
啊，我要这世界——给我们
一万个热热闹闹的生活

1981年3月

富春江上

辛　笛

来的时候晚了，
富春已是一幅秋江，
夕阳下满山枫叶满江红。
好开阔的水面啊，
一洗城市的烦嚣自我心中，
雾气伴着暮霭冉冉升起，
辨不出远近西东；
原来虎踞在对岸的大山，
蓦然间扑人眉宇而来，
有的说是只大象，有的说是只棕熊！

遥夜沉沉雾重，
两三渔火点破迷蒙，
咿呀的橹声人声，
随着船身人影起落寒空；
热腾腾的汗水
伴着熟练身手的从容，
换来了满网的鱼虾，

满船的喜悦，笑对残月如弓。

休论地老天荒，
人间自有英雄，
无心于钓台怀古，
总有一天机械化捕鱼，
不再是遥远的一场春梦！

1981年4月

一个裕固族姑娘

唐　祈

姑娘刚落地时，母亲的忧虑啊
像湿柴焖的一缕缕黑烟；
悲伤的眼泪像瓦檐上的雨
整天整夜流不断线……

姑娘长大了，声音却比蜜甜，
像鸽哨系在飞鸽的翅膀里；
她唱得太阳不愿落西天，
歌声能把草原从月光下托起。

命运的风把她吹送到北京，
玻璃般晶亮的台上唱起歌，
玫瑰的嘴唇把花瓣从空中摇落。

在人们的心中震颤，大地上
唯有她的歌声在赞颂，在庆祝
(母亲听到)她唱醒了一个古代的民族。

1981年5月

理　　想

流沙河

理想是石，敲出星星之火；
理想是火，点燃熄灭的灯；
理想是灯，照亮夜行的路；
理想是路，引你走到黎明。

饥寒的年代里，理想是温饱；
温饱的年代里，理想是文明。
离乱的年代里，理想是安定；
安定的年代里，理想是繁荣。

理想如珍珠，一颗缀连着一颗，
贯古今，串未来，莹莹光无尽。
美丽的珍珠链，历史的脊梁骨，
古照今，今照来，先辈照子孙。

理想是罗盘，给船舶导引方向；
理想是船舶，载着你出海远行。
但理想有时候又是海天相吻的弧线，

可望不可即，折磨着你那进取的心。

理想使你微笑地观察着生活；
理想使你倔强地反抗着命运。
理想使你忘记鬓发早白；
理想使你头白仍然天真。

理想是闹钟，敲碎你的黄金梦；
理想是肥皂，洗濯你的自私心。
理想既是一种获得，
理想又是一种牺牲。

理想如果给你带来荣誉，
那只不过是它的副产品，
而更多的是带来被误解的寂寥，
寂寥里的欢笑，欢笑里的酸辛。

理想使忠厚者常遭不幸；
理想使不幸者绝处逢生。
平凡的人因有理想而伟大；
有理想者就是一个“大写的人”。

世界上总有人抛弃了理想，
理想却从来不抛弃任何人。

给罪人新生，理想是还魂的仙草；
唤浪子回头，理想是慈爱的母亲。

理想被玷污了，不必怨恨，
那是妖魔在考验你的坚贞；
理想被扒窃了，不必哭泣，
快去找回来，以后要当心！

英雄失去理想，蜕作庸人，
可厌地夸耀着当年的功勋；
庸人失去理想，碌碌终生，
可笑地诅咒着眼前的环境。

理想开花，桃李要结甜果；
理想抽芽，榆杨会有浓荫。
请乘理想之马，挥鞭从此起程，
路上春色正好，天上太阳正晴。

1981年6月

摇篮边的歌
——给丫丫

高洪波

丫丫，一个朴实的名字，
朴实得就像旷野上的柳枝。
丫丫，一个倔强的孩子，
哭声里充满渴求与祈使。

丫丫，一个满月的勇士，
笑笑吧，面对这纷纭复杂的现实。
笑得美的人是幸福的人，
当然，幸福更在于笑中的沉思……

你孕育在一个神秘的世界，
生命像是海洋上的小舟，
慈爱与平静的大海啊，
托着你航行了十个月之久。

终于到了抛锚的时候，
一个小小的手术，领你驶进人生的港口。
你努力拉响了生命的汽笛，

引来了多少衷心的关注！

虽然你没有兄弟姐妹，
但拥有一个丰富的宇宙——
每一个分子都可能是朋友，
因此你要永远善良温柔。

除了哭，你还是哭，
却往往爱在梦中微笑，
你软弱，像一只可怜的小鸟，
你轻得更像一片羽毛。

但你却哭得有声有色，
耐不住一点委屈和焦躁，
有一个妈妈名叫“岁月”，
说帮我把你的脾气调教。

那时将有一个伶俐的小姑娘，
黑黑的瞳孔漂亮而姣好。
“岁月”妈妈把你的黄毛，
梳理成翘上头顶的辫梢。

那时，爸爸每天讲一个故事，
让你的灵魂充实而美妙。

如果你长成热情的诗人，
那可是爸爸终生的骄傲。

不过我觉得更大的可能，
你将语不惊人，貌不出众，
随便走进一堆人群，
便再也找不见你的身影。

平凡莫过于大地和土壤，
普通莫过于秋阳和春风，
可见只要竭尽其力，
平凡决非等同于平庸。

所以我祈求“岁月”妈妈，
赋予你一颗美好的心灵。
用这心灵拥抱着世界，
你将在爱里度过今生。

1981年8月

列车在飞奔
——赴吉林途中

邹荻帆

列车在飞奔，
列车在飞奔，
树丛迎面向我倒来，
飞鸟箭镞般射进眼睛，
天旋地转啊
田野转盘般运行！

列车飞奔出去啊，
去迎接又一个黎明。
我们过日子
决不能守株待兔，
守到灿烂的日子
如片片枯叶凋零！

不啊，
时光正好
——一天的黎明，
生命正好

——绿发的青春。
有太阳的热能在手
要让植物的果实、动物的胚胎、
矿藏的梦想、音乐的丝弦……
都富有生命！

我不相信灾难中妊娠的女儿
——希望
会辜负有情人，
而如果我们不倾心去夺取，
希望，也只能是
一张画饼。
让列车擒住轨而飞奔，
期望中的月台
不允许成为失望的梦幻的凯旋门！

列车在飞奔，
列车在飞奔，
麋鹿属于弯弓的射手，
天空属于展翅的雄鹰。
一千篇纸上的计划
一根火柴可以化焚，

一叶小草破土

却带来大地回春。
实践吧，行动吧，
煤炭无声
却把自己烧成灰烬
而去推动引擎！

听，
森林举着臂膀在呼喊，
三江用波浪在召唤亲人。[①]
长白山高
一步步去攀登。
松江水暖
野鸭正在飞行……
列车飞奔出去啊，
去迎接又一个黎明！

1981年10月

① 三江指松花，鸭绿，图们三江。

当我告别码头

程步涛

解开船缆，切断和陆地的联系，
把留恋交给小艇长长的汽笛。
从此，那长满青荷的池塘，
那摇着铜铃的马驹，
爷爷枕下的《水稻栽培》，
腾着我汗气的复苏土地……
都将变成梦中幸福的回忆。

生命新的一段航程还有多远？
啊！我的小岛、我的哨位、我的阵地！
难道真的像老兵所说：
没有一棵树报道春天的消息？
巨石巉岩是小岛永久的居民，
只有万顷波涛是它的邻居？

我不想去问身边的指导员，
我种过田，懂得荒漠的另一层含义：
有空白也必有填充。

所以，党才把我派到那里。
没有树，我就是一棵树，
瞧我这一身碧绿！

近了，陌生的小岛——一块璞玉，
远了，熟稔的炊烟——送别的小诗。

1981年11月

我记着你，小城

徐晓鹤

我记得我那歪歪斜斜的窗棂
窗外是一方碧蓝碧蓝的天空
天上偶尔会飞来一只小鸟
在窗前伴我读书婉转长鸣

我记得我那破烂漆黑的屋顶
飘摇中经受了多少日晒雨淋
晴时房间里投几支游移的光束
雨时如滴漏敲打我珍贵的时辰

我记着啊，亲爱的小城！

我记得家门口那狭窄的小坪
小坪里常常迸出哭骂和笑声
有时候响过乡下人卖菜的吆喝
引出许多尖刻话和挑剔的眼睛

我记得在小坪里挤住的街邻

每一家都十分善良而又机警
他们可以像联合国代表高谈政见
又可以为两分钱小债争红脖颈

我记着啊，亲爱的小城！

我记得我们的那条麻石小街
街边栽着棵很老很老的泡桐
春天里凋落的紫花漂在积水上
孩子们纸叠的兵舰也正在航行

我记得小屋旁边的那盏街灯
它映过年迈外婆挎篮的身影
三月三我对着它照照地菜煮的鸡蛋
中秋节我躲着它咬完香甜的月饼

我记着啊，亲爱的小城！

我依偎在你的怀抱中长大
离别你怎能够不梦绕魂萦
我记得临郊还耸着断裂的城墙
我记得深巷还藏着幽深的古井

北去的大江依旧是脚步匆匆

山麓的枫叶仍然是岁岁秋红
我多么希望有一天你年轻起来
把这记忆当童话讲给孩子们听……

我盼着你，亲爱的小城！

1981年12月

“希望号”渐渐靠岸

王家新

盼……这些盼望着的眼睛
像一片被摇落的繁星
在岸边苦等着
重新起飞的瞬间……

盼啊，那个小伙子在盼
他要去会见心爱的姑娘
如果离开船
怎么能抵达爱的彼岸？

盼哟，一群小姑娘在盼
她们要去一个梦中的城市
去见见姥姥讲的那个乐园
可是，船怎么还不来呀
阴云压沉了嬉笑的眉尖！

盼……甚至，那个在这里
化为望夫石的少妇，也在盼

悲哀使她僵硬，同时也凝固了
等着他从苦海驾船归来的信念
哦，她就这样伫立着
一直盼到今天啊

终于，一声汽笛
响起在山的那边
啊，它是不是……船
我们呼唤了很久的船？

人群骚动了起来，像在产房外
听到婴儿第一声啼哭的爸爸
——人们在惊喜中，又感到
从未有过的焦急和不安……

我把站痛的脚尖也踮了一踮
我也在盼啊，我要到海边去
在一个月牙形的浅滩
拾取随着贝壳一起涌来的诗篇……
我盼着，在这里我仿佛
不是等了三天
而是整整三年！
真的，如果船再迟来几天
我怕我满头的黑发

将在一个可怕的夜晚
顷刻变白，白得像雪啊
给生命带来冬天

但是，你听听……汽笛
一声，又一声……是船！
啊，船！我亲爱的船哟
此刻正驶出前方的江湾……

心头的石块嗵地落下了
我这才发现，有两颗热泪
滚过我的腮边
这时，我朝人群望去
一个在候船时认识的中年人
正朝我转过感激的笑脸
哦，我想起来了，有几次
在他拎起行李要走的时候
是我上前劝住了他：耐心点
一定会有船来，只是因为什么
船才晚点……对了，前些天
从川江里不是下来了一场
历史上从未有过的洪峰吗？

现在好了——我曾怕我

给他预约的，只是一个
空口的奇迹。此刻我是
多么欣慰啊！在动摇中
我帮他支撑住了
对于船的信念……

啊，船在靠岸!
船渐渐靠岸!
我亲爱的船长和水手们
你们看出来了吗——
这江边的浪花和少女们
一起向你们挥动着
洁白的、潮湿的手绢

是的，这是我们的船
是我们忍着饥渴
忍着曝晒所苦苦盼望的船
是比什么都美丽
也比什么都亲切的船
是我们想嗔怪一下，然后
更热烈地去拥抱的船啊

是的，这是人生旅途的“希望号”
这是一条运载希望的船

整好行装吧，我的旅伴！
——希望号正在渐渐靠岸
哦，举起我们骄傲的船票吧
检票员同志，我们的船票是：
信念——在苦难中
用双手紧紧抓住的信念

啊，希望号正在靠岸……

1982年1月

给青岛造船厂

李小雨

我们造船，我们造船！
我们造能飞遍世界的翅膀和轻帆。
无数沉重的钢板落在我们脚下，
又锻打成无数柔软的羽毛和鳞片，
我们披挂起来了，我们就要出发，
要和海鸥、鱼儿一起穿过汹涌的海面，
在异国炎热或寒冷的港口，
在高耸或低洼的路边，
我们漂浮的陆地使整个世界都缩小了，
一抔黄土带来了黄河、长城的春天！
给我们翻译问候，
给我们翻译微笑，
阳光下只有一句不用翻译的语言
——我们的船！

我们造船，我们造船！
我们造强大的轮机，平稳的甲板。
强大的轮机就是我们自身，

十亿双手臂，十亿张桨片！
十亿颗饱含了痛苦和希望的心脏输送着血液，
这红色的开采不竭的能源！
我们造的甲板是平稳的，
扑天的狂涛下孩子在酣睡，
风雨中仍有无数飘着奶味的摇篮。
我们熔铸、铆接、电焊，
在昨天搁浅的地方刻下永久的吃水线，
然后启航吧，
请把这一切都叫作明天：
胜利、意志、摇篮和
——我们的船！

1982年2月

我们去寻找一盏灯

顾　城

走了那么远
我们去寻找一盏灯

你说
它在窗帘后面
被纯白的墙壁围绕
从黄昏牵来的野花
将变成另一种颜色

走了那么远
我们去寻找一盏灯

你说
它在一个小站上
注视着周围的荒草
让列车静静驰过
带走温和的记忆

走了那么远
我们去寻找一盏灯

你说
它就在大海旁边
像金橘那样美丽
所有喜欢它的孩子
都将在早晨长大

走了那么远
我们去寻找一盏灯

1982年3月

渔镇黄昏

黄亚洲

港湾里，聚拢半座森林。
码头街，飞起三里鱼腥。

议价还价，吆喝夹几句笑骂。
船尾架锅，酒香撩几颗火星。

老大们不忙归家，
鞋底敲烟锅，再议议明日鱼汛。

儿女们拥向沙滩，
几天未相会，任落霞裹走倩影。

一切还原成古铜色的和谐，
镀上一层薄薄的金。

一切都泼洒着甜醇的黄酒，
夕阳要炖香生活的音韵。

我踏着军人的阔步静悄悄走过。

有陶醉的生活，才有清醒的士兵。

1982年4月

眼前即是如画的江山

蒋　勋

这里不是江南
是台湾
比江南还南
江南可以采莲
这里的春天
开满了杜鹃

我的梦里有时会有江南
江南的莲
江南的雨烟
江南的游子辛稼轩
手中看剑
拍遍栏杆

辛稼轩啊辛稼轩
一千年了
我还觉得你的悲伤
也觉得你的孤单

像一根细细的线
牵着我回去
回到江南
多雨多烟
许多的红莲

我大喝一声
从梦中醒来
这双眼，泪犹未干
看一看
这里不是江南
是台湾
比江南还南
我也不是游子
脚下踏的正是中国的东南

我没有剑
不想惊拍栏杆
不学游子的激愤和愁颜
这里是新开的土地
中国的东南
头上是亚热带艳蓝的天
淡水河悠悠地流过身边

我相信江南的春天真好
但我不学庾信
不写哀江南的诗篇
我想念长安
那是故国的血源
汉唐的烽烟
但这里也是我的家园
这里是新开的土地
有栉比的城镇
层层的梯田

我跟你说黄河，说长江
说浩渺的西湖和洞庭
我也跟你说嘉南，说兰阳
说峻奇的大霸和秀姑峦
这里是你住的台湾
为什么不能是大唐的长安

这里是中国的东南
比江南还南
有江南的委婉
也有四面大海的潋滟
波浪击裂巨岩
浪花在天上散成云烟

啊，不想赤壁，不怀古

这里一样有三国的风云

谈笑间

多少豪杰

不做游子

眼前即是如画的江山

1982年7月

我歌唱年轻的心

高伐林

这儿的马路多么年轻——
似乎每一段路面都没有竣工
它又直又宽，却高低不平
搅拌机，水泥管道和预制板占据着街心
黄沙在每阵风里复活，拍打和摇撼着
窗棂与大汗淋漓之后的梦境

这儿的天宇多么年轻——
不是一块铅锭，也不是一方冰晶
它在烟囱与脚手架中流动、聚散
像一团不断改变形体的蔚蓝色的火与云
天和地的分界线，每个黎明都在变更
崛起的高楼给夜空源源输送新的星星

这儿的一切都那么年轻！
所有的门扇都似乎油漆未干
所有的街道都只点缀着纤细的树荫
没有字迹漫漶不清的匾额和碑铭

没有佛教的塔尖和清真寺的圆顶
没有霓虹灯诡谲地使着眼色
没有老奶奶一本正经地反复援引古训
没有朴素的民歌
悠久的传说
独特的风俗
甚至没有地地道道的乡音！
这儿的生活来不及磨出许许多多的侧面
却在灰沙中保持了粗糙的棱角
和未凿的明净！

啊，是在昨天吧，年轻的建设者
在铁青的山岩上打下第一根木桩
一夜之间，它就扎根拔节
长出了一座装备着引擎和车轮的山岭！
这该是有多么旺盛的生命力呀
我怎能不歌唱你年轻的城
我怎能不歌唱你年轻的心

1982年8月

一座烤鸭店的落成

吕贵品

一座烤鸭店在报纸的一角
建筑了一个小小的新闻

于是，我走进了烤鸭店
像走进了安徒生的童话世界
……雪白的台布
精致的盘碗
烤鸭
(中国不惯于吃烤鹅)
背上插着刀叉在走动的烤鸭
闪着香喷喷的油光

我不是卖火柴的小女孩
这里也找不到卖火柴的小女孩
而卖火柴的小女孩的幻觉
却实实在在地
飘落在中国的土地上
——蓝天下，一座乳白色的楼房

我坐在舒适的餐桌前
买了半只烤鸭
平静地端起了
风暴般的气泡已经消逝的啤酒
慢慢地品尝

啤酒。是一九八二年的质量
不像以前那样苦涩
不像以前那样……

以前……我看到了：
窗外一座畸形的建筑物上
有一些还没长胡子的古迹
——红标语的油漆
被太阳晒得爆裂
武斗的弹孔覆盖了一层尘网

中国骚乱的岁月
也有一个卖火柴的小女孩
黄肤色
黑头发
黑眼睛
在这里度过了一个没有笑容的寒夜
现在，她哪里去了

也许就是刚买走一只烤鸭的
那个丰满漂亮的姑娘

喝着高质量的啤酒
我在注视：
盛开着霓虹灯的橱窗
和四周镶着大理石的墙

霓虹灯是有思想的
流淌着蒙娜丽莎的微笑
大理石是有信仰的
挺起了长城一样的胸膛

——蓝天下，一座乳白色的楼房
月亮和柔和的晚餐一同走来时
我走出了烤鸭店
我已经彻底没有饥饿感

月光下
我走在一个实实在在的童话般的世界里
……烤鸭店
像一棵美妙的树
一棵能结灯光、啤酒、面包和烤鸭的树
这是中国的老百姓

许多年前播种下的愿望

街上
我看到许多现在和未来的父亲和母亲
他们的后代
不再会成为卖火柴的小女孩
还有
我身边奔走的那位农民
他进烤鸭店
也像我这城里人一样舒畅

一九八二年
在中国的土地上落成一座烤鸭店
一座乳白色的楼房

1982年9月

江　　流

屠　岸

从北方大城飞向南方大城，
飞越千重山，万重山，在祖国上空。
云影轻移在舷窗像江河奔腾。
我俯视，寻找跃动的流水和山峰。

秦岭，巴山，黄色和绿色交替；
四川盆地盛一碗白云如棉絮。
长江在哪里发源？在天的边际？
有细流在万山丛中向东方奔去。

它蜿蜒，时而南下，时而北上，
艰难地一步一回头，向前行进；
穿过千重山，万重山，葱郁和苍茫；
我惊奇，有时候它竟然向西方回程。

江流九曲，终于向东海驰骤，
历史的逆流只能是顺流的前奏。

1982年10月

颐和园游泳

杜运燮

游泳的人都用水作乐器，
轻敲着，重击着，弹拨着，像合奏着
什么交响乐，还侧耳倾听着……

看游泳的人似乎也在游，
她们在浓荫的绿流中划水，
在浮荡的欢声笑语中踩水。

万寿山，也穿着翡翠色游泳衣，
浮动在白得发蓝的阳光里，
在蓝水中，有时畅游有时休息。

是我游向那湖水般的歌声，
游向十七孔桥和长廊的诱惑，
还是它们带着水珠游向我？

从水里浮出的多半都是笑脸。
每一睁眼，周围景色都如画，

猛回头，在微笑的是远峰，古塔。

笑声像水花在湖面飞溅，
惊叫声像游泳圈突然在漂流，
有人躺在水面，像是喝醉了酒。

1982年11月

葛洲坝泄洪

蔡其矫

怒涛黯淡无光
狂风乱舞是因为激动
纷纭沸腾的火山溶浆
中间盛开一朵巨大金菊

彩虹自天空落到水上
一如大地痛苦的眼睛
天崩地裂时的凝视
用美的微粒组成希望之光

在洪流的串串雷声中
把心的宁静撞碎
七彩语言不过是太阳幻影
有了水珠才有了生命

正如人类的憧憬
都在惊心动魄之后产生

1983年1月

殷　　实

王燕生

穿过干牛粪堆成的院墙，
主人把我领进储藏室里。
让我看一看放牧的艰辛，
看一看垒叠在一起的欢喜。

一团团毛线，
一张张羊皮，
还有捻动的一个个昏晓，
还有鞣制时一颗颗汗滴……
都储存在一起了，
和踏实储存在一起！

那鼓鼓胀胀的是酥油吧？
食品和光源都灌在牛羊胃里；
一个、两个，七个、八个，
还可以匀出点供奉给神祇。

这一个个麻袋里装的什么？

我摸着，摸着饱满的颗粒。
不必打开看了，
它已暴露了真实的秘密。

我不知道你还需要些什么。
畜群年年繁殖着幼畜，
牧草岁岁萌发出新绿，
你的爱情、你的欢乐，
不需要到梦幻中索取。

“日子比前两年好过多了。”
你的眼神用不着翻译。
像咀嚼着一截甘草，
不是糖，却调理虚弱的胃脾……

一间二十平米的储藏室，
终于填补了岁月的空虚，
何况那古铜色的胸脯，
储藏着用不完的力气。
让我说声“扎西德勒”，①
祝福你，祝福金风送暖的牧区！

1983年2月

① 扎西德勒，藏语，意为吉祥如意。

写给一位临时工

林贤治

朋友　不要低垂着头
说你是个临时工了

不要说
工会的男女
挤拥在会议室那高高的楼顶
怎样泼下如雨的笑声
而你却陪着床沿
那个屈曲的身影
任随泪水打湿手中的信笺
不要说
奖金怎样沿着职工的表格淌流
而你依然干渴
和汗水一起流向了时间
再不要说
在爱情成熟的仲夏的夜晚
你终于像一枚果核一样被吐弃了
你的身份经不住咀嚼

因为

你没有工作证

为什么要说呢

难道你把工作证

也当成了怠惰和平庸的护照吗

一个红皮折子

怎么能包容我们全部的梦境

走吧　别理会扬起的尘土

走吧　别理会风

我们有手　有结实的肩膀

困苦和不幸

也只能给大脑轧下更为繁密的沟回

为了这一切

让我们高高地挺起胸脯吧

我们都还年轻　年轻像初三的月亮

在未来的日子里

我们将抹尽所有的缺陷和不平

不要说

我们没有工作证

因为工作依然召唤着我们

一切的一切

都只有在历史的掌纹中获得证明

那么　伸出手来吧
就让我们跟历史签订合同
告诉祖国　告诉贫困的母亲
我们已经长大
我们再不在干瘪的乳房旁边守候了
我们将
带着母亲所给予的同样的深情和期待
同所有的衣兜里装着工作证的兄弟姐妹一起
去工作　去索取　去斗争
在旋转的阳光和快速的节奏里
我们将获得一切
从爱情　欢乐　直到永恒

向前走吧　朋友
让我们向着未来走
不要彷徨　也不要等待
我们才不过像初三的月亮一样年轻

1983年4月

这里，没有昼夜的交替

边国政

这里是城市下面的城市
埋在五百米地下的街衢
听不见夜莺的婉转和破晓的鸡啼
这里，没有日月的交替

掘进和开采，是一支
听不到间歇的歌曲
时间挤压成一线巷道
这里没有春潮秋汐

这里是黑暗的
黑暗守卫着无数
黑色的遗产
这里是光明的
矿工额头亮着
向黑暗掘进的灯盏

这里是亢奋的

光明正向黑暗搏战
运煤车轰隆隆地
挺着进攻的双枪
头盔舞动光的利剑
风镐和割煤机
不知疲倦地喷射
新世纪的宣言

黑暗颤抖了
黑暗崩溃了
交出了
囚禁了亿万年的
煤炭
光明的阵地
在推进，在扩展

这里没有昼夜的交替
只有被压缩成固体的时间
矿工把生命和爱
也压缩成固体了
压缩成振兴中华的
能源

于是，地面上

黑夜才那样光明

白天才那样温暖

1983年5月

小镇的除夕

熊召政

一

小镇的除夕
是埋葬衰老和忧愁的日子

从浏阳销来的“电光炮”
炸碎了黎明前的静寂
石板路两旁的人家
早早就放出了浓郁的酒意
你的醇厚，他的绵长
左邻辣中含甜，右舍杯杯绿蚁
家家风格迥异的团年饭
都邀来启明星入席
只是得了压岁钱的孩子
不大懂得团年的神圣
想去门外跑街，却害怕奶奶的
呵斥，不敢溜下高椅
只好手抓一个油炸的肉丸
和桌下的小狗嬉戏

闭门吃饭，开门迎客
每户人家都希望获得吉利
镇长不似往年摆着阔脸
逢人见笑，道一句：恭喜

二

从前几天，小镇就开始清扫
街尾送冬，街头迎春
都需要一条洁净的路面

笤帚扎在长竹竿上
擦洗挂满尘条的烟筒
让松柴烧出的炊烟的乳白
无碍地写上蓝天
不至于从灶门溜出
熏黑杨柳青年画
和新漆的楼板

水沟里的淤泥也被铲走
不能让一丝秽气将佳节污染
让春雨或者微雪
畅快地流过家家门前
黄昏时，人们将一年的
劳累和污垢

都携去泡进温泉

老太太洗净发间的苍老
用纯白的糯米
为家人蒸制糍粑
用黑芝麻做成
赠给邻娃的糕片
她还为串乡的乞丐
烙出一筐圆饼
让他们分享一个老妇的慈善
她不知道乞丐愈来愈少了
在她渡尽劫波的余年

三

小镇的除夕
是古老的童话重演的时辰
团年饭吃到日上三竿
一家老少，便都到郊外上坟
但也有人不曾祭祖
不曾消歇的集市色彩缤纷
你看那个二十一岁的小贩
招徕顾客的声音多么动人
他卖完了上海贩来的时髦春装
又卖起自家套印的门神

四

除夕的高潮随着暮霭来临
多少盆炭火烘烤着黄昏

从一个地名引起的美丽故事
到埃及金字塔的种种传闻
从家族绵延千年的发展
到乡村一个穷亲戚的命运
从报纸上天天宣传的改革
到小镇月复一月的变更
在无尽的故事与笑谈中
人们仿佛净化了自己的感情
父亲宽宥了儿子的喇叭裤
书记默认了邻居的售货亭
白发人则原谅了小镇的人心不古
在电子琴的演奏中等待鸡鸣

小镇的除夕
是人心走向纯朴的时辰

一个人就是一个欢乐的世界
每个世界里都是春雨纷纷
是谁在窗外大喊一句：看灯啰

惊奇与企盼的眼光都投向街心
上百盏走马灯点燃了小镇
辐射出一片绯红的新春

1983年7月

F小调诙谐曲

柯　平

不记得是怎样开始的
当五月的天空
在工房的窗台上投下蔚蓝的影子
炉火渐渐低熄。我们
一伙年轻人
放下铁锤
疲倦地靠着。汗水蜿蜒
在光裸的上身，划出乌黑的诗句
这时，谁喊了一声
我们好奇地围在窗口
一个身影……匆匆
走进洋槐荫和我们惊呆的目光

我们承认，我们惊呆了
这是一个绝美的姑娘
这是一个使洋槐树黯然失色的姑娘
卷发。步履婀娜
(每一步都像洋槐花的摇曳)

而眸子是棕色的
仿佛谧静的黄昏就从这儿流出
当轻风起自萍末
红裙与胸前的蝴蝶结，开始
微扬
为南方暮春时节的黄昏
增添了弹性和流动

是的，我们惊呆了。我们
不知该说些什么
油腻的大手一个劲揉着眼睛
目光
渐渐燃烧若炉中之烈焰
洋槐树终于倾斜了
从枝叶间泻下来的空旷
使所有的视线和向往
都蒙上神秘而兴奋的紫色

黄昏沉默了
(整个世界都沉默了)
我们一动不动
像从一个遥远的梦中惊醒
谁也不想说话
黑色的力

在鲜红的脉管里剧烈地骚动
这时，又有人喊了一声
我们不由自主地抓起了大锤
鼓风机吼叫着
肱二头肌可怕的凸起
烟雾。火星。迸射的汗珠和力
世界渐渐缩小
锻件，这坚硬的铁块
仿佛泥捏，仿佛乡村货郎担上的糖人
在我们手下扭曲。我们
就这样
为一种突发的力所支配
没有人想到休息
哪怕只喝一口水
哪怕只喘一口气
哪怕工段长用扣除奖金
对我们进行善意的威胁

让
这一切永远成为一个羞涩的秘密吧
在南方。小镇
烟雾腾绕的工房
一群粗犷耿直的汉子
就这样

为了偶然领略的黄昏的美丽
(为了红裙与洋槐花的美丽)
而拼命工作着

1983年8月

千树红雾

唐 湜

呵，梅占百花光，
也别叫占尽了春光，
春山一夜桃花放，
有千树红雾满江乡！

更溪谷中桃花水涨，
泛一片滟滟到春江，
引白鸟去追逐春帆，
上下翻飞着到汪洋。

波上好一轮红日，
岸上好一片霞彩，
有昔日少年在徘徊，
悄然凝思于大海！

1983年9月

陕 北 腰 鼓

梅绍静

是因为来自贫穷的凄惶之中吗？
它带着多么热烈的迸发的欢乐！
这蕴藏在黄土下的春雷啊。
腾腾踏踏地响来，震动着沟沟壑壑。

阵阵黄河浪似的鼓点儿，
推涌多少庄稼汉在大路上走过。
这是劳动人一年之余的自我娱乐啊，
这是四季欢声笑语的聚合。

大鹏鸟似的打鼓人，
展开了他们的翅膀飞起又飞落。
是他们旋转着暖风阳气啊，
是他们播撒着初春的花朵！

敲吧，跳着敲，舞着敲，
敲得人人心里都发热！
多希望金黄的土地做我们的鼓面，
敲出最扎实最宽广的欢乐……

1983年11月

恒　　星

——写在一九八三年［一二·二六］

雷抒雁

一

对于一个人的
赞颂
我们曾经毫不吝惜地
动用过
一颗恒星

那是肉眼所能看见的
最亮的星
把光芒和温暖
投射到我们身上
用它的燃烧
养育着地球上的生命

用一颗光明的星
来赞颂
那是因为

他如同这颗星
使花朵娇艳
使果实丰盈
使麦穗饱含着
甜蜜和热能……

从他开始
时间发生了断裂
分开了白昼和黑夜
分开了春天和严冬
古老的石头
有了新的生命
疲惫的河流
有了昂扬的歌声

我们的赞颂
是期待和祝愿
在那期待和祝愿中
有光明
有温暖
有富庶
以及永恒

巨大的恩惠

赢得了巨大的真诚
人民才把一枚
黄金的恒星
高高捧起
缀在他的前胸

二

平息了江河奔腾的激情
如今，垂下一双
划过长江波涛的手臂
静静地、静静地
安卧在花丛

在英雄纪念碑的身后
在一座生前不曾料想到的
平顶屋中
终止了英雄传奇的一生
终止了巨星的运行

三

史诗
在颂扬业绩
难道这是在说一个人
像神话里说的那样

一只手臂
把星斗扔上天空

那是唱一个集体
扭转乾坤
是唱有力的手臂
握拢，使散沙成石
灵巧的手指
使千百种器乐
和谐地奏鸣

旗帜，是火炬
点燃通向黎明的路灯
诗篇如旋风
在血管里鼓荡激情
如鼓的呐喊
唤醒沉睡的梦
枪炮的铁掌
推倒恶魔们腐朽的王宫

革命以潮水
荡洗一块古老的大陆
从北方的高原
到南方的翠岭

清扫污秽和暗影

古老的国土上
升腾起一颗光芒四射的
恒星

踏着轻快的节奏
秧歌队员走出乌黑的窑洞
挽起系在土布棉袄上的
红绸腰带
在落雪的场院里
歌唱对于太阳的爱情
高原的风
旋出行吟诗人的喉咙

四

收拢了驰骋星汉的思绪
闭合了瞩望世界的眼睛
如今，静静地
安卧在花丛

如同平静的湖水
再没有风浪卷过
再没有战马嘶鸣

再没有如雷的诗句
激起一片风声涛声……

在英雄纪念碑的身后
在一座平静的屋中
栖息着收拢双翅的鹰
安息着一个伟大的魂灵

五

历史
自然有严峻的天平
英雄功过
自然有公正的定评

如果最后冲刺
也似起步一样有力坚定
如果入海
也像源头一样清明
或者干脆不是恒星
而是卫星
千百颗卫星
一同绕着人民运行……

啊，日有日落日升

月有圆缺阴晴
历史
固然有铁的公正
生活
毕竟是曲折途程
难有圆满的歌曲
唱彻多难的人生

六

静静地，安卧花丛
严峻的时间
结束了伟人壮丽的一生

如同停摆的时钟
指针暗示着停摆的时辰
他的眉头
暗示着思索的沉重
是在思索往昔
是在思索未来
是在惋惜
十年的伤痛
还是在预想
一个在他身后
即将发生的革命进程

七

跨过泥沼和山岭
革命
开始了新的进程

在历史的衔接处
需要仔细地清理断层

党，在挥汗如雨
党，在拨乱反正
关于肯定
关于否定
关于失误……
每一起步
都有过激烈的论争

历史，以严峻的尺度
检验了后继者
检验了英雄后边的英雄

党，举起一个伟大的思想
作为恒星
让它长明在古大陆的头顶

首先是田野的复苏
到处可以听见
庄稼汉的笑声

城市，以百米高楼的身姿
猛然站起
道路，以特别快车的速度
穿过隧洞

钟声长鸣
为一个屹立在历史上的
英雄

八

走出历史的传说
走出花丛
走出清冷的寂静

他的光芒
在大地闪耀
从工人的闲谈
到哲学家的论争
探索者解开未知
建设者创造繁荣

沉睡的山峰
惊醒的海岸
多愁善感的雨
激情饱满的风

作为整个世界的一员
他将从历史走向永恒

在天安门城楼的红墙上
他以巨人的目光
注视着天空、大地
以永恒的笑
望着行人

史诗仍然这样唱
太阳
毛泽东！

1983年12月

霍尔果斯的哨兵

林　染

应该戴一颗红星
让五角形的鲜艳的青春
在最值得闪耀的地方
闪耀

这个地方
应该是有鹰隼的西天山
应该是有塔松的西天山
应该是西天山下的国境线

应该以男子汉的强悍
把国境线紧紧地攥在手中
一直，一直贴住胸膛攥着
直到把那儿的山呀水呀
攥成一条乌亮的钢枪

还应该披一袭绿色的斗篷，
让一片安宁而兴旺的春天

随风昂扬地飘起
一遍遍轻拂岭南、中原和塞北
轻拂人民大会堂高高擎起的
红蕊金瓣的国徽

就为了完成这尊塑像
他才穿越古尔班通古特沙漠
翻过冰雪的塔尔奇群峰
在霍尔果斯哨卡
庄严美丽地站定

1984年4月

塔克拉玛干

阮章竞

塔克拉玛干，
无边的沙海，托着天。
灰色的穹隆扣着个
风魔的世界沙鬼的乐园。

塔克拉玛干，
热浪如火焰，
雨云绕路走，
害怕汽化不敢沾边。

天上无飞鸟，
地上无生命。
上看莽苍苍，
四顾昏黄黄，
“进去出不来”[①]
塔克拉玛干！

① 塔克拉玛，维吾尔语，意为“进去出不来”。

大漠如海，
沙丘如浪，
可是波涛声音听不见，
却疑有死神，踯躅身后
沙沙徜徉。

悠悠晃晃，
渺渺茫茫，
变幻无常，诡计可多端：
远方，似炽热的汤河在流动，
黄烟蒸腾，流呀流呀没个完……

近处，总向左旋的龙卷风，
拖着黄沙，边旋边走转上天，
好像说：实在干得太厉害了，
上天去寻找朵云彩舔一舔……
听说海市蜃楼常出现，
可惜我无缘没看见！

塔克拉玛干，
喜无常，怒无常，
脾气难猜，肝火特旺，
一旦风魔怒，
一旦沙鬼狂，

一旦咆哮怒吼，
老天爷，
身打战，
脸发黄，
目瞪口呆，
不敢管！

风魔，把塔克拉玛干举上天，
沙鬼，把塔里木鼓成个黄皮囊。
日月无光，天地乱套，
沙冈横滚，沙丘拉着网，
向东南蹿，
大小石头，翻着筋斗
咯噔咯噔搞扩张！

柏油公路，被风掏空，
水泥桥梁，被沙埋葬。
塔克拉玛干，
独许风称霸，沙为王！

风休息，沙疲倦，
昨天的沙岗沙山，
变了面孔，换了床单，
柔软的沙海

像铺着千里万里黄锦缎。

看！翻累了的石头，多么乖，
睡在沙砾，不打鼾！
谁能奈你何，
塔克拉玛干？

塔克拉玛干，
风魔、沙魔肆虐万千年？
如今我说：
你该收敛！

狰狞神秘，
恐怖迷人，
怪不得冒险家们，
企图从你的身上，
用真实加想象，
捞取荣誉，捞取金钱，
捞取惊动世界的学术资本。
“进去出不来”，
此话敢当真，
塔克拉玛干？
塔克拉玛干？

多少人，

向你一边走，

向你一边问，

边走边问，

几十年结论，

一一都否定！

清晨，汽车上路，

月下，骆驼宿营。

科学家、知识分子，

工人、牧民，

雅丹阵里，

南北西东走纵横：

塔克拉玛干。有学问！

风大沙狂，

寂寞荒凉。

三十年兵团战士

用意志，用胸膛，

用热血，用热汗，

用脚板，用手掌，

看　把多少块绿洲，

打印在塔克拉玛干，

绿光闪烁，朝晨阳！

挥汗拌沙浆，
捏出了多少座学校、工厂、
音乐厅、歌剧场？
弦管笙箫明月夜，
笑语喁喁，倩影双双，
万花春开放，
瓜果秋飘香。
谁说“进去出不来”，
我的塔克拉玛干？

天山多雪水，
昆仑多乳浆，
新疆多阳光，
日照特别长。

合适种瓜，合适种棉，
合适养蚕造桑林；
合适种葡萄酿酒，
祝长寿、宴嘉宾，
迎接塔克拉玛干之春，
提前问世，早来临！

1984年6月

高原的太阳

叶延滨

又升起来了
又升起来了
你呀，你呀，高原的太阳

高原的太阳好精神
高原的太阳好漂亮
高原的儿子就该这个模样

你多爱你的母亲哟
用你温暖的明亮的阳光
抚过高原的胸膛

你总是这样，多情的小太阳
在高原的每一个露珠中笑
在高原的每条小溪里唱

还在每一张雪亮的锄板上
留下你的模样

让锄板把你种进垅行

再推推门，又敲敲窗
每孔窑洞耀得明晃晃
像个淘小子跑遍了山庄

你是从哪儿来的呢?
是从那个古老的神话扶桑
还是从那个揽羊后生肩上

真格的，那女子的眼睛真亮
当她看到你的时候
黑眸子里闪出个太阳

你站在电视天线上张望
莫不是也想到集上逛逛
赶集人的影子被你拖得长长

多情的太阳，淘气的太阳
充满活力的太阳哟
你呀，你呀，高原的太阳

发热吧，发光吧，上升吧
照亮这个难逢的好时光
让全世界知道，什么叫希望……

1984年7月

区　　别

——致前辈

李松涛

揣着毕业文凭和青春，
我走出军事学院的大门。
背包里，
是《英汉词典》和学术论文，
还有《资本论》与《诗品》……
嘿！够浪漫的吧？
——左手握着羽毛球拍，
——右手拎着小提琴。
就这般，去部队报到，
去承担起军人的责任。
请放心——
在未来的立体战争中，
我会无愧于将门的子孙。

啊！父亲，我必须区别于您——
虽然，我尊重您的两肩征尘，
羡慕您那血火凝成的满襟功勋。

我不再一味地摸爬滚打，
我不再只用两脚长途行军，
如同我不再用您那榆木扁担，
将扫荡的鬼子围困；
如同我不再用您那三八大盖，
和溃逃的遭殃军斯拼。
(那样的武器与勇敢，
已经对付不了今天的敌人。)
我，手上和脸上的皮肤，
肯定比您的细嫩；
而没有扛过长活的肩头，
也自然不如您的有劲。
但，毫无疑问——
这是一种历史的前进！

啊！父亲，我必须区别于您——
虽然，我的浑身上下，
裂变着您遗传的基因。

我的梦，不用连长布置，
方圆长短，没有固定的尺寸，
活跃的脑细胞，会充实战斗力，
科学能武装斗志和机敏。
我磨利导弹的矛，

我擦拭火箭的盾，
讨要情报——
我找浪游的风和过往的云。
我让荧光屏和计算机参战，
把侵略惩罚！将邪恶教训！
技术，强化了我的拳头，
知识，使狡猾变得愚笨。
然而，我承认——
后代，是前辈阳刚之气的光大，
今天，是昨日血肉相连的延伸。

啊！父亲，我，必须区别于您——
只有那样，我们父子二人，
才称得是不同时代的军魂

1984年8月

青岛海滨浴场印象

公　刘

美丽的海滨浴场
正在紧张施工，
我想，等到炎炎流火，
肯定她会送你一枕幽梦。

你看她有多少悬崖上的鹰巢，
四壁都一如刀削般危耸，
又有怒放的花朵们，
色彩斑斓，万紫千红，
何等大胆的想象力啊，
胶州湾畔，催发了
神话一样的蘑菇丛丛！

还有一柄已经大撑开的巨伞，
(只有伞把伞盖，没有半根伞弓)
我猜她也许急不可耐了，
盼望着，盼望着
阳光能比海浪更其汹涌。

而一排排淡水淋浴的小屋，
早已安上了因多情而垂首的莲蓬；
她等待的是那一声满足的口哨，
以及从眼角里溢出来的
惬意的笑容。

我几乎拍遍了
所有波浪形的曲栏，
——蓝白相间多少重！
我简直流连忘返了，
直到暮色迷蒙……

待到电梯以它的长臂，
重新将我举上十八层的高空，
我仍旧忍不住推窗凝眸，
寻找她的芳踪。
咦，怎么啦？难道
她原来是一只难解的魔方？
要不，又何以在淡青的电弧灯下
变作了一些恍惚由外星人带来的
可爱的甲壳虫？！

1984年9月

绿色旗在前方挥起了

程光炜

小站的傍晚
在我们眼里变得那样有诗意
那株栀子花静默着
好像正等待
小星星们的灿烂的爱情
是的
叮当叩击的车轮很悦耳
像圆月
已悄悄为远方而轻唱

在这时
明灭的萤火虫是顶调皮的，匆匆地
起落在黑乎乎的枕木上
甚至，将最矜持的伙伴也逗笑了
真不知道
该怎样感谢这些不安分的巡路神

从车皮下钻出来

我们的衣服是油污污的
我们的面孔是黝黑的
我们的牙齿是洁白的
而我们的尖榔头却明亮
火车到这里很安全
每一个微风的傍晚都痴情

扬扬工作帽
绿色旗便在前方挥起了

好了
请收回酸涩了的眼睛
列检员是从没有告别的
因为
在每一节哐啷的铁轨上
你仍会听到我们的哄笑声

1984年10月

中国在燃烧
——献给第35个10月1日

胡乔木

看啊，中国在燃烧！
熊熊的热焰直上云霄。
但又不见火，没一点烧焦，
只见人们在欢呼舞蹈。
这是怎样的燃烧？

看啊，中国在燃烧！
凭着这股神奇的火焰，
大地的生灵都回转春天，
奇迹在人间接连地涌现。
从没见过的燃烧！

看啊，中国在燃烧！
火势使到处热气腾腾，
没有人甘心再苟且偷生，
竞赛场只看谁捷足先登。
到底是什么在燃烧？

看啊，中国在燃烧！
战士们流血汗把河山修改，
矿工们穿水陆让地火登台，
水手们破风浪远航海外……
是生命，在中国燃烧！

看啊，中国在燃烧！
红领巾就学着为人民服务，
青壮年把自己锻炼成擎天柱，
爸爸和奶奶也操心给引路。
谁能说，多少人在燃烧？

看啊，中国在燃烧！
这个古老的苦难的国家，
强盗们曾多久把它糟蹋！
直到要灭尽它盖世的光华！
它怎不愤怒得燃烧！

看啊，中国在燃烧！
深深的血泊里它奋然站起，
不自由，宁死！倒一批，接一批……
才换来今天自由的呼吸！
它能不更旺地燃烧？

　　看啊，中国在燃烧！
醒来的祖国多么自豪！
城市和乡村每天在长高，
未来在张贴耀眼的海报。
　　我愿能永为它燃烧！

1984年9月

呼伦贝尔草原

宗　鄂

夏天终于
沿着长长的国境线来了
终于来到开花的草原
风撵着草浪
涌过了辽远的地平线
呼伦和贝尔仰卧在草地上
尽情幻想那神秘的远山

夏牧场像一片嫩绿的桑叶
羊群是桑叶上肥胖胖的蚕
雨季刚刚过去
这么多的蘑菇
举起洁白的小伞
贝加尔针茅初试锋芒
萨日楞和鸢尾花炫耀着鲜艳
姑娘再灵巧的手
也难织出这么绚丽的花毯

告别了寒冷和龙卷风
草原从冬天搬进了夏天
蒙古包，大篷车，牧羊犬
燃着青草味的牛粪火
升起奶茶香的炊烟
收录机和电视机
三分现代气息
还有七分古典

草原爱骑马奔驰
也爱骑摩托兜风
“嘉陵”比之河马
更富于魅力，更时髦，更浪漫
牧场和生活
都在季节的更替中搬迁

开阔的草原是没有遮拦的
一切都袒露在外面
系在套马杆上的心是透明的
姑娘的爱也无须躲躲闪闪
岩石般粗壮的男子汉
从不掩藏驰骋中的倜傥和慓悍
草原的奔马是没有缰绳的
腾身跃进徐悲鸿、刘勃舒

气势雄壮的画卷

呼伦贝尔早已容不下
飞腾的马蹄
有安24，有特快列车，有“黄河”
带着蒙古包的亲切微笑
带着扎赉湖的红鲤跃过龙门
带着花毛毯迷人的色彩
和草原牌特级奶粉的鲜美芬芳
驰向中原和岭南

1985年1月

岁月的河(三首)

张新泉

拉　滩

在滩水的暴力下
我们还原为
手脚触地的动物

浪抓不住我们
涛声号叫着
如兽群猛扑

一片滩有多重
一条江有多重
我们　只有我们清楚

是的　这就是匍匐
一种不准仰面的姿势
一种有别于伟岸的孔武

热得嘶喊的汗

一滴追一滴
在沙砾上凿洞窟

船老大在浪上咒骂
骂得无法无天
骂得好粗鲁

轮到我们骂时
我们只仰躺着喝酒
仰躺着　把匍匐报复

那天，湖上下着小雨

那天，湖上下着小雨
雨丝在水面
绣许许多多思绪

很瘦的山
很秋的水
被湖风吹得很凉的目光
在把暖色寻觅

我忽然想起你的诗中
那个温暖的夜
那件热烘烘的大衣……

你也在怀想吗
或者，正向怀想走去
人在冷寂时
最宝贵的，是可以靠近
温馨的记忆……

一只野鸭扑扑飞起
飞成明日的怀念
小雨，淅淅沥沥

篝火燃起来的时候

篝火燃起来的时候
河岸上，乡情被烤成暖色
家园，遥遥的近了

……玫瑰花似的灶火前
将蘸满柔情的柴火
大把大把夹进灶膛的
是红脸的堂客
(新嫁娘似的堂客)
煮在锅里的酒壶
笃笃的，为欢欣敲着拍子
灶火浮雕着堂客的背影
他亲着光腚的儿子

秋声，从篱门边漫进来
悄然漫进来……如回忆

篝火燃起来的时候
他长满号子的嘴唇
抿着温柔与亲昵

没有那暖暖的灶火
暖暖的温情
他敢迎雪风喊号子吗？
他敢踩冰凌背纤绳吗？
霜晨的桨柄手一捏上去
便哧哧冒烟
三九天下水扛搁浅的船
如淬红炭
凭借这火这温情的照耀
他才涉尽谜一般的
纤道的蜿蜒……

篝火燃起来的时候
河岸上，酒被喝成暖色
红红的，家园的暖色

1985年2月

在地面与天空之间

杨 克

升上国际贸易大厦的顶层
我萌生了亲近天空的愿望
旋转餐厅那不可感知的离心力
拽着我的思绪悠悠飞翔
噢！我们是这样高大
高大得使地球失却了重心
股票，招标，抽奖……
迷离的声音和色彩
结构了神奇的多层次的南方

蜗牛般爬行的昨天
留下了湿漉漉的记忆
曾经，无数可怕的黑洞
大颗大颗地吞噬生命的星光
当口号的潮水
哗啦啦从旗杆退去
南方的岸，最早露出可以触摸的希望
经济规律
从慵懒的冬眠中苏醒

强劲的改革冲击波
不可逆转的趋势
反馈令人亢奋的动荡
开发公司
像十万大山连绵崛起
“赚钱”这两个已经锈涩的字眼
蝉一样蜕去陈旧的观念
发出诱人而刺眼的光亮
信息
以迪斯科的节奏
汹涌而来奔放热烈
牝鹿般跳向辽远的视野
不断拓宽生活的容量
微电脑
密切注视汞柱般活跃的行情
大大小小的经理与商贩
在五光十色的商标广告中沉浮
呼吸着物质的喧响
空间在缩短时间也在缩短
只有投资者的眼光变得悠长变得悠长

哦，阳光
燃烧着挑战的南方
脚下

充满活力的道路

辐射着向世界开放

1985年3月

市　长

——与珠海特区市长一夕谈

田　间

市长在记者中间，
笑着并举杯闲谈——

他说：珠海怎么的，
不妨由你自己看。

只需中央一指点，
不需国家一分钱。

引进外资有原则，
对外合作有主权。

幢幢大楼林立，
座座荒丘已毁。

即使石头与海滩，
石头开花也烂漫。

听说有个“石不烂”[1]
他来看过也心甘。

一年前我从内地来，
现实烈火淬了淬。

不开拓怎叫改革，
不改革又怎叫翻番？

石不烂呀心眼转，
车子将来能叫电脑牵？

石不烂左盼右盼，
日月也会有新门槛？

但愿人们睁开眼，
盼呀改呀要实干。

突然市长高举杯盏，
待你看罢咱再谈。

1985年6月

① “石不烂”意指某些内地人。

遍采茱萸

——拟情诗

黄永玉

你曾经住过的山峦，
红屋顶，蓝树，绿色的湖。
不只我一个人怀念你，
那温暖阳光下的小船，
不只我一个人怀念你
那地方，
我们心灵中的隐秘。

多久才能见你一次，
你从早晨的湖岸走来，
我们，一群年轻和年老的恋人，
不敢叫出你的美丽。

你的微笑令我微醉，
一句话让我整天高兴，
不管是白天和黑夜，
想起你
伤感和迷惘变成

早晨阳光中的鸽哨。

不幸的是——
当我从远游的河上归来，
听说你坐着小船
顺着另一条河走了。
远远地，
留给我们
那么多眷恋和惋惜。

如今，你在哪里呢？
过得可好？
唉！你哪里知道，
这个离别带来的，
我们失望的深度。

你在哪里呢？
你衰老得不再美丽了吗？
糊涂得忘了归路？
要不，
真把我们忘了……
逢到节日
我们学着古人遍采茱萸，
因为，

你曾经是我们
心灵中的情人。

1985年7月

昨天，我看到

雷　霆

昨天，我看到，
一群疲惫的掘进工，
以电流通过的速度，
突然离开即将提升的罐笼，
把位置让出来，
给担架上一个受伤的伙伴。
这些男人，
很少用语言表达情感，
在嘈杂的巷道里，
一切都靠行动。
也许这只是平凡的一瞬，
正如一块煤，
昨天没有被人注意，
今天已经被人忘记。
而这电流通过般的一瞬，
像煤一样地蕴藏着光亮。

1985年9月

告别吧，古老的瓦板屋

吉狄马加

我们大家都来想办法，凉山一百多万彝族，二十多万户，其中有房子的多少，房子差的多少，都要调查了解。

——一位中央领导视察凉山时的讲话

凉山州喜德县两河口区沙马拉达乡，依格生产队，二十一户彝家换上了新房。

——摘自笔记

我看见他们流泪了在搬房的时候
这些山里的人，感情像泥土一样纯朴
我看见他们围着自己的新房走啊走
这些古铜色的人，用沉默表达心里的幸福
告别吧，古老的瓦板屋

是的，这是两条古老河流交汇的地方
是的，这是月琴诞生的地方
是的，这是马布诞生的地方
是的，这是一千年的痛苦和一千年的欢乐诞生的地方

是的，这是一个山野民族终身依恋的地方
是的，就在这低低又高高的河岸上
我们的瓦板屋曾经站立着，像一群高傲的老人
它们永远抽着一支黎明点燃的炊烟
它们永远抽着一支黄昏点燃的炊烟
看吧，在那铝灰色的天幕尽头
历史仿佛又走向了那遥远的过去

多少年了，山长得很高很高，水流得很长很长
就像一部古老的史诗所唱的那样
我们的祖先走进了这低矮的房屋
围着那温暖的锅庄，穿着那狩猎的衣裳
因为有了你的存在啊，大山里的瓦板屋
一支迁徙的民族，一支走向高山的民族
才没有在那寂寞荒凉的山野里流浪
因为有了你的存在啊，大山里的瓦板屋
我们剽悍的男人，我们温情的女人
才会在寒冷的冬天里充满神奇的幻想
因为有了你的存在啊，大山里的瓦板屋
我们那些爱唱歌的牛，我们那些爱跳舞的羊
才这样甜蜜和安然地睡到了人的身旁
瓦板屋啊，我将用历史的歌喉赞美你的过去

但今天啊，我古老的瓦板屋，我悠久的瓦板屋

我将不再充满痴情来赞美你
要我赞美的是那宽敞明亮的大瓦房
是又一代彝家人的新理想
要我赞美的是那条铺满黄金的路
是第一个放在彝人家中的“大三洋”
古老的瓦板屋，我将吹响八十年代的号角向你告别
你看啊，那现代化的曙光已从大山里升起
你听啊，那山风演奏着未来文明的奏鸣曲

告别吧，我们将同那人畜不分家的历史告别
告别吧，我们将同那烟尘笼罩家的历史告别
告别吧，我们将同那睡潮湿草垫的历史告别
告别吧，我们将同那羊皮当被盖的历史告别
告别吧，古老的瓦板屋，再道一声告别

1985年10月

家　书
——一份减色的实录

严　辰

一

杏花。春雨。江南，
惯向睡里梦里缠绵。
时间这无情的利剪，
剪碎了多少月夕花晨，
剪碎了多少欢乐、愁绪，
总也剪不断对家乡的怀念。

怀念——
一股冒泡的汩汩暖泉，
浸透甜蜜，
浸透青杏的苦涩，
也浸透拂不去的辛酸。

往事的云絮淡了、远了，
断影的雁翎忽又落在眼前，
它那样轻

——两张薄薄的纸，
它那样重
——一份歌哭无端的画卷。

二

今夜
柔软的被褥长了芒刺；
老嫂子的误期的信，
如同一枚细小的石子，
冲破了沉淀的心田。

儿女们扑腾着翅膀，
大多远走高飞了，
到新兴的城镇，
到红海，到地北天南。
她孤零零守着旧窝，
十年、二十年……

十年、二十年，
她守着长起莓苔的老屋，
守着一次次风暴、颠簸，
守着尘封的记忆，
守着褪色的信念。
她守着不准养鸡的鸡埘，

守着空荡荡的猪圈，
宅旁菜地里的芸薹呢？
小田埂边蚕豆棵上的紫蝴蝶呢？
一切都在“横扫”中凋零了，
我少年时手栽的山桃也受到株连。

伴同幽暗的油灯，
她仍默默地守着，
守着屈辱和贫困，
守着未曾熄灭的盼望，
守着没边没沿的凄清的夜晚。

云山阻隔，
她已否搁浅在某一个港湾？
这会，穿过雨后的
秋林，但见斜阳灿烂。
她絮絮叨叨叙说家常，
带着不无夸耀的口吻，
一扫过去的牢骚和喟叹。

三

……
这几年，
村里时刻在改变容颜，

一幢幢小楼像春笋拱土，
阳台上——鲜花，
房间里——沙发、电扇。
最最教人惬意的，
是那洁净方便的卫生间。
怎能忘了那发疯的年月，
家家茅坑在“斗私”中填平，
全村合用一个公厕，
黑夜里跌伤过多少老婆老汉！

如今，夜晚电灯如星光万点，
白天有太阳灶煮饭，
——家家大门外
挺立着一柄发亮的大伞。
妇女们再不用发愁
没烧柴对付一日三餐。

还是昨天的李四、张三，
一夜醒来变得聪明能干，
培植的蘑菇、银耳像变戏法，
连土鳖虫也驮着金钱。
割断了束手束脚的绳索，
摘星揽月，地广天宽。

四

今年粮食又是大丰收，
装满了所有的竹箩草囤、坛坛罐罐，
多年绝种的香稻米，
亩产也超过了一千。
香稻米那诱人的清香，
好日子一样隽永、香甜。

又喂起了一大群“九斤黄”，
两头肉猪长得好欢，
喂什么？——
吃不尽的红薯，
还搀两碗大米饭。
不比“放卫星”那阵，
报上登着亩产五万斤，
饭锅里煮的红薯连同藤蔓。

大儿子在国外修筑公路，
给捎回来一个彩电，
从此，咱们这偏僻的死角，
和外面的花花世界紧密相连。
末奶头儿子学的泥瓦匠，
当初嫌他没得出息，

谁知他搞建筑承包，
前天一下给汇来两千元。
老婆子辛苦一辈子，
几曾经手过这么一笔巨款！

手头“短”时发愁，
愁吃愁穿、愁碎心肝；
手头“有”了也发愁，
这该怎么花呀？
喜欢得发愁，
愁了个喜欢……

五

这世道金光闪烁，
怎不教人眼花缭乱；
是梦幻？是真实？
它比梦幻更真切更新鲜。

一把金钥匙，
打开了她从没打开的心扉；
仿佛看到她愁眉舒展，
仿佛又看到她脚步轻健。
别说暮年好比日落黄昏，
她所折射的正是新时代的光焰。

酥软的杨柳风吹拂大地，
我应当听从她的呼唤，
去看看熟悉而又陌生的家乡，
看看魂牵梦萦的
杏花。春雨。江南。

我要在宅旁的小菜地里，
在嫩生生的芸薹和莴苣旁边，
重新栽上一株山桃，
让怒放的满树繁花，
去迎接更加美好的如花的明天！

1986年3月

起飞吧！世界屋脊

柳士同

据《西藏日报》报道：可与“深圳速度”媲美的“西藏速度”，正展现在人们眼前……

这儿是世界屋脊
凭着那金碧辉煌的楼阁
雄峙的布达拉宫啊
不知招引过多少远道的香客
古老的大昭寺和小昭寺
至今还留着
松赞干布和文成公主的遗泽
一千三百多年过去了
当觉醒的龙头
已从东南海岸腾空飞起
龙尾，岂能沉溺于旧日的光荣
还在西部的高原上蜷缩
川藏公路和青藏公路
不是早就打通了你的经脉吗
那冰川上冷藏了若干个世纪的活力

一旦冲下雪线
美丽的拉萨河谷
就变得格外年轻格外蓬勃

啊，崛起的世界屋脊
你不再满足于浸饱酥油的青稞
不再满足于高原之舟
坚忍却太迟缓的跋涉
你拥有如此广袤的空间
也就拥有了大刀阔斧的开拓
两千万年之前
印度洋底与欧亚大陆的板块碰撞
崛起了地球上最高的山脉
今天，在信息输入与反馈的碰撞中
崛起了西部的中国
就像当年涌来朝圣的香客一样
涌来了八十年代的改革者
“西藏速度”
这是他们用彩色霓虹灯
打向天幕的四个大字
随着海拔的不断增高
越发显出开拓者恢宏的气魄

这儿是世界屋脊

原本就具有雷电的性格
终年充足的日照
使你蕴蓄了不尽的光和热
那就释放出来倾泻出来吧
冈底斯山和念青唐古拉山
正以巨大无比的势能
高屋建瓴，压向盆地和平原
压向滔滔长江和滚滚黄河
这分明是从背后猛击一掌啊——
龙尾扫向了云端
岂容龙身还陷于大泽之中
盘曲纠缠，无法解脱
看这惊天动地的雪暴和泥石流吧
那充满野性的呐喊
将使东土的每一条涓溪
都扬起浩荡的大波

惭愧吧，那些只晓得
牛仔裤和蝙蝠衫的城市
西藏，已不再因缺氧而闭塞
改革的序幕刚刚拉开
他一举夺去了领衔的资格

1985年4月

暖　风

陈所巨

浅黄色裙子
因奔跑而优美
透明的雨意让真丝软绸
浮泛于初夏的曲线

少女的耳坠在枝头吊着
许多杏黄的太阳果
那些男子汉土黄着
是岸是路是坡
是肥鳗鱼的矮岗

门窗吱吱
呼吸绿叶、新麦与果实的气息
黄半稍的麦田
浅黄地收集热风的灵气
村子被炊烟纠缠得
不知所措

温热的气流酥松躯体
酥松阳光和泥土味的满足
这时候水是严厉的
一板铁青，如青石磨成的古印
引首压脚
一轴浅黄色的风景

1986年9月

让星星把我们照亮

汪国真

让我说什么
让我怎么说
当我爱上了别人
你却宣布爱上了我

该对你热情
还是该对你冷漠
我都不能
对于你，我只能是一颗
无语的星
在深邃的天庭
静静地闪烁

闪烁，却不是为了诱惑
只为了让那皎洁的光
照亮你
也照亮我
照亮一条纯净的小溪
照亮一条清澈的小河

1986年10月

诗也是一种阳光

雁　翼

相信吧，诗也是一种阳光，
宇宙间还没有任何一种物质，能够折断诗的翅膀。
于是，我们终于相会在一起了，
——深圳水欢笑着，
天也流淌着喜泪。
虽然，我们从不曾相识，
却兄弟般亲爱而赤诚，
好像一万年之前，
就生活在一个家庭；
那么，相信吧，十万年之后，
我们也不会分离。
不仅仅诗的阳光的交织，更有诗的太阳——我们的心
共同的燃烧，
照耀和温暖冷的世界。

1987年1月

旅　途　中

田晓菲

车窗是幅不停变幻的画：
有生机勃勃的田野，
有青草萋萋的坟茔。
就像时间的脚步那样疾速，
一会儿就掠过了死与生。
走得太快太快，我真怕
一切都来不及看清……

车窗里还有无数小村落，
有无际的大地和天空。
渐渐地我懂得了世界并不大，
——它能够缩印在木框里，
也能够折射在眼睛中。
只要你以爱的目光凝望，
一切都在你的心胸——

一块块草地，
一片片丘陵：

不知道前方的目的地，
是终点还是又一个开始；
只知生命存在的时刻，
总有新的行程。

1987年2月

我和祖国（之一）

冯　至

祖国，我爱你，
但我说不出豪言壮语，
也写不出昂扬的文字，
只会说谚语一句：
“儿不嫌母丑，
狗不嫌家贫。”

祖国，我的母亲，
何况你的面貌并不丑，
只不过你久经忧患的脸上
多了几条皱纹。

祖国，我的家，
何况你并不赤贫，
若是你一贫如洗，
又怎能哺育全世界
五分之一的人民？

1987年3月

两种对立的色彩

黎焕颐

热得焦灼，
同时也绿得解渴。

绿得婆娑，
同时也热得赤裸。

两种对立的色彩，
如同水火，互相争夺——
争夺生命的跳跃！

每天，一早一晚，
趁潮汐才退，我便跑到沙滩，
去拯救搁浅的贝螺。
之后，漫步于林丛的
掩映交错，
倾听：凤凰树和相思树，
柠檬与棕榈、香蕉与菠萝
的热带情话……

而中午，洋洋大海，
给我以巨大的诱惑；
我赤裸着灵魂，
投身于温柔的碧波
吻着大海，
享受旷世无双的解脱。
然后，躺在细软的沙滩，
向海，倾诉我的爱慕……

就这样：一个完整的自我，
被鼓浪屿瓜分——
一半分给水，一半分给火——
于不可调和之中，
得到惬意的调和……

1987年4月

献给所有新的改革家们

赵瑞蕻

一个波澜壮阔的革新运动
正在祖国大地上澎湃向前，
犹如各地的建设风起云涌，
犹如许多陈腐的观念正在消亡；
每天传来不少好消息，多么激动！
从经济领域直到一首诗的构思；
让大家面对未来的辉煌吧，敞开心胸！

1987年5月

看一座房屋盖起来

路　翎

看一座房屋盖起来
很多双勤劳的手工作着
瓦砾堆移走了
运砖瓦的车骄傲地来了
挖掘墙基了
蹦跳的压土机在工作了……

胸中的血加速地跳跃了
想象着走进新盖的房屋里了
走到晾台上了
在这里开始工作了
夜晚星斗灿烂
天空没有雾障和浑浊的黑色
而白昼宁静；
看一座房屋盖起来
想象力在它的前面飞翔
想象几十年后生育的婴儿
想象几十年后展览会的都市的旌旗

想象这座房屋是很优美的
它加入人类的神奇的都市
春风中它巍峨地矗立着
夜间向黑暗射出光芒
而在冬天覆盖着雪

人类的都城耸立着
历代生息的坚韧基地
和
热烈的呼吸和
一直到天空和地底
显出崇高的理想的巨大的影子
白昼震响
和
深夜里都市的胴体向黑暗射出灯光而呼吸着

看一座房屋盖起来
胸中的潮水加速地澎湃了。

1987年9月

大学毕业那年我去西部走了走

张子选

大学毕业那年我去西部走了走
沿阿尔金山一带走了走
寄宿在一间石头屋子里
和身佩腰刀的哈萨克人吃手抓肉
夜里挨着牛粪火躺下凝视半堵石墙
主人家的女儿天天赶着羊群爬对面那些山冈
然后回到家里在我隔壁
一个劲地漂亮
她知道每条路的走向
知道一座山需要屏声敛气的地方
在我还没去过的地方
她骑在马上
她牧羊的那些山里有时候我也去
坐在那些山顶上想一阵远在各地的朋友
呜哩哇啦乱唱一气
然后沉默不语
牧羊的小姑娘在我身边生火做饭面色安详
她的羊群正漫过山冈

在那段日子里有时我会长时间静静地
看头上的云彩四处飘荡
等待巨大的天空中发出奇特的声响
此后世界上的每一朵云彩都开始难忘
记得大学毕业那年我出去走了走
走了很远和很久

1987年11月

谁也没见过月亮的那一半

邵燕祥

谁也没见过月亮的那一半
月亮却见过许多

月亮见过许多
却从不说破

我要到地球的那一半
去见见美国

以一双陌生的单眼皮眼睛去
发现新大陆，在哥伦布
之后；发现自然，在梭罗
之后；发现第三次浪潮
和大趋势，在托夫勒和奈比斯特
之后……把一切翻译成
象形文字给中国

我来了，只见美国的月亮照着

高速公路上飞驰的车灯

二十世纪垦荒者和淘金者的眼睛

1987年12月

第二辑

中国吟

面朝大海　春暖花开

海　子

从明天起，做一个幸福的人
喂马，劈柴，周游世界
从明天起，关心粮食和蔬菜
我有一所房子，面朝大海，春暖花开

从明天起，和每一个亲人通信
告诉他们我的幸福
那幸福的闪电告诉我的
我将告诉每一个人

给每一条河每一座山取一个温暖的名字
陌生人，我也为你祝福
愿你有一个灿烂的前程
愿你有情人终成眷属
愿你在尘世获得幸福
我只愿面朝大海，春暖花开

1988年1月

中国高第街

洪三泰

宋朝在羊城挂牌——高第街
一幅活鲜鲜的《清明上河图》
铜钱串起锈蚀的历史
元明清在高声叫卖
却积压了一叠叠祖传秘方
风雨之夜总是早早地紧关店门

拂晓，大官从这里走马上任
午后，又听见将军在小巷诞生的哭声
高第街哺育的人才海外扬名

鲁迅和许广平在许家观“七夕”供物
木屐声里，夕阳之下
他发现装饰中国历史的
竟是一根自捻的红头绳

从东到西一里，一里小街
一千年也走不到尽头

怎能走出街口走出娇嫩的珠江呵
我善良的智慧的华夏子孙

马克思幽默地点破
广州自给自足的秘密
自制的土头巾
长久地裹着自己的眼睛
整个中国缩在高第街头
惊疑地聆听海外潮响
却听见重炮在轰击大门
高第街在做遨游天际的惊梦

当中国的太阳猛然爆炸
当南方在金色的放射中洞开
当阳光的碎片铺满街巷
高第街便开始诠释中国
以它敞开的十四条横巷之门

世界商品经济的风云
触动中国这条最敏感的神经
它蜕变成一条彩色巨龙

历史悠然地徜徉街头
试穿着牛仔裤和蝙蝠衫

笑谈一千年天地嬗变

一千年起死回生

它默念在世界竖起的一则广告

——中国高第街与现代文明

1988年1月

与海河的谈话

匡　满

你的绿裙是从哪里来的
时装表演也无愧的绿裙
让垂钓者艳羡的绿裙
倘若你还是满身污垢
去同你眷恋的蓝海拥抱
那被亵渎了的爱情
迟早要生出畸形的儿子

你的项圈是从哪里来的
银色的三重项圈
属于你这美丽公主的项圈
你戴上它到海边跳起艳舞
让的士和霓虹围着你盘旋
永不再像你祖母那般衣衫简陋
只会弹拨古老的三弦

于是你飘飘洒洒走进街衢
那些装点着糖墩和泥人

还有年画门帘的街衢
你的街衢是海鸥啄出来的
啄成了蜂窝和白菜帮子
而你喜欢儿时的彩色积木
于是弹指一挥垒起童话般的楼群

于是你堂堂正正走向东方
走向你强壮和深沉的王子
你的恋人也早把那些广告色的
码头、集装箱、船只和巨吊
悉心制作成自己的勋章和绶带
他正浪一样地焦躁不宁
等待着你这位远道来的新娘

当冰封的世纪终于过去
你向养育你的芦苇和黄土告别
你撒播下真正属于明天的种子
让它们长出无数大理石公寓的旋转餐厅
而把神鞭和红灯仅仅作为装饰
为着你的臣民们的幸福世代相续
也为着你和大海的终身相许

1988年2月

穿上最美丽的衣裳

张　枣

让我以沉默的嘴唇向你致敬
我终日行走着的爱人
红红的火焰
每件事物的崇高的光轮
让我看那个最古老的部落
渡过河流和阴云
我知道你就是其中的一员
沉思在细雨喃喃的黄昏
和心事重重的人群之中
歌唱吧，我的爱人
请带领其他钟情的妇女
歌唱，并穿上最美丽的衣裳

1988年4月

还　给　我

严　力

请还给我那扇没有装过锁的门
哪怕没有房间也请还给我
请还给我早晨叫醒我的那只雄鸡
哪怕被你吃掉了也请把骨头还给我
请还给我半山坡上的那曲牧歌
哪怕被你录在了磁带上也请还给我
请还给我
我与我兄弟姊妹的关系
哪怕只有半年也请还给我
请还给我爱的空间
哪怕被你用旧了也请还给我
请还给我整个地球
哪怕已经被你分割成
一千个国家
一亿个村庄
也请你还给我

1988年5月

我们在花园里跳过舞

顾　工

我们在花园里跳过舞
那时你是婀娜多姿的少女

今天你挽着跳水健将
(他没有佩戴太阳似的金奖章
只是赤裸着鲸鱼般的上体)
你微微点头示意
哦，我们又蓦然相遇
海滩的晴空伞下
有一对一对躺椅
深深浅浅的脚印，无边无际……

我们在绿荫下接过吻
那时你是热情奔放的少女

今天你从浪花中跃出
(气垫船仍在波浪中沉浮
健将还躺在上面闭目休息)

你轻轻向我招手
来，我还有句新的言语
神秘的海岛笼罩在蓝色的雾里
时现时隐，扑朔迷离……

不，不再重新编织戏剧
爱情的大幕落下
又何必再徐徐升起

1988年6月

旅　　店

王　蒙

需要一把钥匙
哪一把呢
是宿命也是随机

有了这钢铁的数码
一瓶香槟　一桌酒席
不问你是谁

比爱情还温柔也许
声音形象色彩　香气
窗下的街道和海　翻腾
许多镜子　一个自己

能够忍受比妻子
还周到的体贴吗
像忍受猫爪的捉弄

电梯总是板着面孔

接受你与你的行李
吐出你与你的行李
无须告别　门已关闭
对旁人如法炮制

一个潦草的故事
一个陌生　亲切的世界
在时限内　结账前
属于你

1988年7月

黑　橄　榄

刘立云

在藏着土拨鼠的山上
也藏着黄皮肤的龙种
有弹火来耕耘我们
有死神来点化我们
我们不进不退
也不动……

舔岩壁凝作水珠的雾
嚼怀里压缩成石头的饼干
双脚深深地插进泥泞
于是我们便以树的形象
裁判天空

是的，就是一棵树
开我们自己的花
结我们自己的果
并以我们自己的姿势
站立，抑或扑倒

把生命交给雷电和暴风

若干年后人们尝我们的果实
必定有苦有涩
还有几分品不清的朦胧

1988年8月

云　　岭

骆一禾

并不在心中阴暗
高空在弥漫
金光灿烂。云顶通红。河流急驰的古城。
屋顶的披挂上接孤峰
莲花耸动

打入我飒飒的血滴　划去土质
光轮射出
银河陶冶在归人的背上
古老蓝湖于远处结冰

有云岭的积雾
滚滚而下
寺墙如山削　如怒海的一体
巨大的石础高踞在悬崖千仞　狂风席卷
抓走紫厚的泥土

1988年11月

地铁东四十条站

邹静之

被一条街道两条街道三条街道
挤得很瘦
我们做地遁的样子
然后地遁
天空算什么
大不了没有星光四季没有被同样
挤瘦的月亮

时间模糊在一面壁画上
我们可以在长椅上长胖
看一部大书　困了可以睡会儿
可以从那些广告上
随意取几支蜂王浆
滋补身体
进而讨论抽水马桶和丝织品的样式
有广告　谈话就不会失去内容

女人的脸在站台上松弛

像家庭的成员闲散地交谈走动
恋爱的方式还是那样
只不过把花前月下的内容
移植给神秘的灯光或圆柱的背后
往往成功

有着海藻和游泳姿势的壁画
牵着水的头发
可以带你去海
也许有一天这火车会不停地驶进海洋
向鱼族散发些印有食品的广告
或者出卖一种叫作鱼钩的武器
这当然是孩子的孩子们的事与此时无关

车来了　隧道先有光亮
车走了　隧道没有了光亮
透过土层
清晰地听到
城市烦躁的脚步

1988年12月

莫要让你落花的步子……

曲有源

象牙雕出的上弦月
垂挂柳梢
布下朦胧的倒影
你在想什么
望着流萤的渔火
柔波里
一只少女的船
无声地划向对岸的树丛
湖水让灯影月影
和落星晚霞一起
交融情侣的梦幻
和我去吧
沿着环岛的小路
和绿荫覆盖的长堤
莫要让你
落花的步子
独自
飘向黄昏

1989年1月

内 陆 高 迴

昌 耀

内陆。一则垂立的身影。在河源。
谁与我同享暮色的金黄然后一起退入月亮宝石?

孤独的内陆高迴沉寂空旷恒大
使一切可能的轰动自肇始就将潮解而失去弹性。
而永远渺小。
孤独的内陆。
无声的火曜。
无声的崩毁。

一个蓬头垢面的旅行者西行在旷远的公路,
一只燎黑了的铝制饭锅倒扣在他的背囊,
一根充作手杖的棍棒横抱在腰际。他的鬓
角扎起。兔毛似的灰白有如霉变。他的颈
弯前翘如牛负轭　他睁大的瞳仁也似因窒
息而在喘息　我直觉他的饥渴也是我的饥
渴　我直觉组成他的肉体的一部分也曾是
组成我的肉体的一部分。使他苦闷的原因
也是使我同样苦闷的原因,而我感受到的

欢乐却未必是他的欢乐。

而愈益沉重的却只是灵魂的寂寞。
谁与我同享暮色的金黄然后一起退入月亮宝石?

一个蓬头的旅行者背负行囊穿行在高迥内陆。
不见村庄。不见田垄。不见井垣。
远山粗陋如同防水布绷紧在巨型动物骨架。
沼泽散布如同鲜绿的蛙皮。
一个挑战的旅行者步行在上帝的沙盘。

河源
一群旅行者手执酒瓶伫立望天豪饮，随后将空瓶猛力抛掷在脚底高迥的路。
一次准宗教祭仪。
一地碎片如同鳞甲而令男儿动容。
内陆漂起。

1989年2月

致深圳市花——簕杜鹃

鲁　煤

过去，我不明白：为什么
你一年到头，不分昼夜
总是盛开着满丛、满枝的艳红花朵
像土地点燃起的熊熊圣火
不明白：你艳红的胭脂，圣火的燃料
总是源源不断，从哪里取来？

今天，住进西丽湖畔，我明白了：
这里环绕四方的常绿山林
一年到头，不分昼夜，都有杜鹃鸟
在召唤早逝的情侣的亡魂归来
它声声痛哭，五内如焚，呕心沥血
鲜血和热泪滴进土地
滋养你的根茎，渲染你的花瓣——
绵绵此恨啼不尽，艳艳你花永不谢

梅雨季来了，连天阴雨打不落你的繁花
只能促使你更加怒放、光焰耀眼

因为你是血泪燃起的不熄圣火
淅沥沥的雨幕遮不断啼声从山林传来
只是使它更加深沉、悠远、缥缈
我侧耳倾听，倍觉惊心动魄

我曾循着啼声，披荆登山
仰望青松枝头，寻觅杜鹃鸟
想向它表示感佩、慰问，进行心灵的对话
但是它，始终隐形不露
只把声声啼唤传来：忽远、忽近
忽东、忽西，令我捉摸不定

但是回过头来，我从你——
簕杜鹃花，看见了它：
艳丽、芬芳、庄重、热烈
因为你就是它心灵的外化

如今，深圳市，站在改革开放前沿的
现代化的小伙子，钟情于簕杜鹃
把它戴在自己笔挺西装的胸襟上
炫耀着青春、健美和爱的忠贞

1989年7月

你走向缪斯

郑　玲

思念照亮了你的旅程
西出阳关的青青柳色来入我梦
旷远的公路上
你走向缪斯，画囊沉重。

靴子上沾着落花与轻泥
你带走了南国的春意
充满青春气韵的背影渐行渐远
洪荒中，有几许忧悒。
不知哪一泓清泉
会做你今宵的客舍
残阳下，任你痛饮离愁！

想必你正忆起
那一片没有污痕的翠绿
它多像无瑕的心境
我们曾并肩走在草地上
走在我们的心境上。

那天我说过：
我是孤独的灯塔你是远洋的船
我听懂了你的呼唤
以火光回应着你
却又只能怅怅地
望着你从我身边驶了过去。
然而，我们并非一无所有
这是一种宇宙诗情
教两个心灵的邂逅
既知它属于无限
又何须叹息它的短暂。

而且，我多么为你骄傲
在这追求潇洒害怕负重的年月
你没有因反思冷却热血。
负荷着艺术的重量你跋涉边陲
决意去领尝受难的甘美
是母亲，是姐姐，是知音
都只能匍匐下来吻你的脚印！

但愿这一吻化作光与影
永远在你的笔端缱绻低回
明暗在你的天空和地平线
流动在你的沙滩和海底

去参与你的透明

参与你的深邃！

1989年9月

相会在天安门广场

柯　原

十月，我们走向北京
神州，十一亿颗心
相会在天安门广场

历史在这儿合唱
民族在这儿合唱

南湖的游船，遵义的火炬
在这儿烨烨生辉
井冈山的杜鹃，延安的山丹丹
在这儿粲然开放

雨花台的壮志，白公馆的浩歌
在这儿悠悠回旋
淮海的炮声，渡江的浪涛
在这儿轰鸣震荡

这儿标下了历史的进程

这儿放射着民族的辉煌

你来自法卡山老山丛林
他来自南海永署礁的碧浪
你来自巍巍雪山与黄土高坡
他来自东海渔场和江南水乡

你带来火把节的热烈
他带来泼水节的清凉
你带来端阳节的龙舟锣鼓
他带来三月三的漫山歌浪

色彩缤纷的合唱
辽阔深沉的合唱

一个站起来的民族
一个拼搏奋进的时代
理想和希望在合唱
信心和力量在合唱

最美的歌儿献给天安门
最香的花儿献给天安门
最深的爱献给天安门
——这人民心中圣洁的广场

——这群星闪烁的光明的海洋

四十年，又一个起点
共和国的巨轮正乘风破浪
人民英雄纪念碑是桅杆
挂着一轮鲜红的朝阳！

1989年10月

给第一批丹顶鹤

沙　白

江苏黄海滩涂，每年有大批丹顶鹤来此越冬，称作丹顶鹤的冬都。

荷一身北国的初雪
缠几丝高天的云缕
把长唳留在燕山
把身影留在黄河……

那一颗红色的太阳
总是打头前升起
染你的头顶
以朱红一抹
巨翼搏扶摇而上
只为追逐
这南方的光热
你也是鸟中的夸父吗

且在这滩涂小憩
饮一口清凉驱除干渴

让咸味的海风
轻抚疲倦了的双翮
菰蒲丛中有点荒凉
却没有零下五十度的严寒
与数月不化的冰雪

请留在这儿
等待四月

1990年3月

山　地　谣

周所同

穿过川里的谷地
坡上的莜麦已呈一片暖色
黄梢儿的风茸茸拂来
山地谣山地谣
天蓝出些许云朵

小毛驴就走在这时的山路
黄铜项铃闪烁古老的光泽
秋声和乡音因高远而愈显亲近
如垅上爬过来的豆蔓
摇响粮食纯粹的声音

这时才知最厚重的还是土地
所有的根都扎在这里
仰首望雨俯身望秋
一条土生土长的农谚
是庄户人的眼睛
而磨镰声尽管还嫌单薄

却铁面地刈去所有的闲情

这就是我山地的秋天
收割时盼着播种
播种时又盼着收割
人世间这唯一单纯的劳作
却为粮食涂上复杂的颜色

如此稻谷便有了丰富的含义
总是以深沉的锋芒逼视我们
这是天下最久远的对视
山地谣山地谣
在锄禾日当午的童声里
我们望见了谁的背影……

1990年9月

中 国 吟

常 荣

某些时刻喜欢独自沉静地默想
想你漫漫五千年的历程
想你的欢乐你的忧伤。
我绿如春草的青丝充盈在你旷远的疆土，
这份契合的感觉
深深根植在我自己的内心……
生在东方生在你的怀抱即是命运、职守
愿我一脉相承你亘古未泯的求索精神
我完成自己。我体现你。体现你的
　　　　　　　　　　神韵
　　　　　　　　　风采
　　　　　　　　智慧，和
　　　　　　——生命之高度
涵括世界，涵括宇宙　从而
再生一个灿烂非凡的魂魄
真爱到至真，真爱到无语
我不仅赞美着爱你，我亦痛苦着爱你、升华着爱你
浩浩宏卷的史记将怎样把二十世纪同化成文字

那沛然的创造元气、

那瑰丽的想象、

那博巨灵藏的内蕴……

不都正是(！)不都正是你吗：中国

(焕发出来呵那原本属于你的光芒你的堂皇)

你不可能枯竭。你永远是一个泉源

1990年10月

访　问　者

圣　野

像一只访问城市的候鸟
他，一个诚实的记者
扑进这城市的梦里
常常在背后
拍一拍我的肩
微笑着
非常忙碌地擦过

我从没有拦住他
问过什么话
只从他渐渐远去的
格外轻快的声音里
锐敏地感觉到
有一个坚毅的
号角一般的笑
正在清楚地扩大……

1990年11月

草　　原

李元胜

草原你的广阔
就像我难以收复的那一切
风吹草低处
放牧的人细小如砂石

每年有多少青草
在抵达天空的过程中腐烂
草原没因此变重
每年有多少名字和白云
被大风吹散
草原也并未因此变轻

雨水顺着草根
泥土深处摸到歌者的骨头
但他剩下的声音
和鹰一起
构成天空最高之处

土杯把酒
笨拙地倒进我们的血液
陷在草原深处的不仅仅是河流
谁面对草原的空旷
谁也就面对着
他所有的悔恨和怀念

在第一个秋天遇见的词
至今还深埋在我的伤口里
想起草原
那些多年前奔跑着的马匹
又呼啸着擦着我的手背掠过

1991年3月

五 线 谱

魏 巍

屋后，蓝蓝的天空里，
画着五线谱。
五线谱上，
是一个一个逗点，
一个一个
肥大的音符。

也许你细看，
才能看出：
那不过是一群小麻雀，
在高压线上歇足，
偶尔交换一下
闲言碎语。

它们——
这些肥大的逗点，
有时静止不动，
就像老唱一句歌，

没完没了；

有时又忽然来个跳跃，

变换一个新的曲调。

今天起风了，

高压线随着风

一摇，一摇。

小麻雀，

你今天要唱什么曲调?

是不是听见

大千世界的流行曲，

也想赶赶时髦?

1991年6月

母　　语

梁小斌

我用我们民族的母语写诗
母语中出现土地、森林
和最简单的火
有些字令我感动
但我读不出声
我是一个见过两块大陆和两种文字
相互碰撞的诗人
为了意象，我曾经忘却了我留在
沙滩上的那些图案
母语河流中的扬子鳄
不会拖走他岸边的孩子
现在我重新指着那些图案
我还画出水在潺潺流动的模样
我不用到另一块大陆去寻找意象
还有太阳
我是民族母语中的象形文字
我活着
我写诗

1991年9月

大　　海

戈　麦

我没有阅读过大海的书稿
在梦里，我翻看着海洋各朝代晦暗的笔记
我没有遇见大海的时辰
海水的星星掩着面孔从睡梦中飞过

我没有探听过的那一个国度里的业绩
当心灵的潮水汹涌汇集，明月当空
夜晚走回恋人的身边
在你神秘的岸边徐步逡巡

大海，我没有谛听过你洪亮的涛声
那飞跃万代的红铜
我没有见过你丝绸般浩渺的面孔
山一样耸立的波浪

可是，当我生命的晦暝时刻到来的时候
我来到你的近旁
黄沙掠走阳光，乌云滚过大地
那是我不明不暗的前生，它早已到达

1991年10月

眺望牛栏江

雷平阳

水往低处流。宽阔的江面
从高处看下去，也只是
狭得可怜的一条山路
传说中的大跌落，粉碎和新生
也无悲壮和神圣可言
江涛声传不上来
西凉山也决不低下头去

拥有太多的笔直的大起伏
浩浩荡荡的山梁
纵横奔腾的谷地，西凉山
从不动容，洒脱得近似于死亡
一千里的咆哮等同于一只鸟的缄默
一万年的渴望逾越不了
一片树叶的坠落
眺望牛栏江
眺望人群中一匹孤独的马
无所悲亦无所求

烧一堆篝火在众目所望的山上
想定会有越聚越多的人
爬上山来，围火而居

1991年11月

起 跑 线 上

阿　来

解冻中的大地是一面巨鼓
震荡起来，从里向外
长长的起跑线横亘草原
聚集起矫健的骑手
聚集起渴望奔腾的骏马
金镫银鞍叮当作响

西部中国的清晨
骑手们身影伟岸
起伏在马群的波浪之上
手控长缰背倚太阳
马群的波浪一次次鼓涌
那种声音：马蹄交错
骑手的呼喊，是积蓄已久
渴望飞奔的交响
从里向外，有力震荡
赛马会开始的前夕
横亘心灵的起跑线上

青藏高原的一个早晨
骑手和骏马呼吸粗壮
金镫银鞍叮当作响
只等一声信号
激情的波涛就会汹涌席卷
冬的残雪与春的轻寒

这是一个严冬过后的清晨
横亘时间的起跑线上
骑手们面容严峻
举起了长鞭，只等一声信号
西部中国发出亢奋地嘶喊
雪崩一般扑进春天

1991年12月

御　林　河

沙　鸥

小三峡的姜黄腰带
绕过绝壁、巉岩
乱砖似的断层
飘落绿竹山中

我们同舟
每一桨都是青山的许诺

两岸
恬静而妩媚
延伸着羽毛似的田野
阳光在一片片竹叶上
结着珠翠的梦幻

1992年2月

时 间 工 厂

李 浔

它们让一种声音听见另一种声音
集成电路以及微型齿轮
手表让我们认准了人生的价值

如果它们粗糙了时间
那么我们也不会细腻事业和生活
手表的意义
使我们的每一种手势
准时地到达经济计划
生活标准和春天的花园

在手表车间
不存在虚度光阴的概念
我们身着干净的工作服
时间的制造者
有同样标准的信仰
时间就这样毫无顾虑
它们分秒必争地周转着世界

它们让人口众多的目光
看见另一种目光
指针随时移过往事
手表的初衷使我们代代创新

在手表的车间
我们都细微地工作
这不写诗和练习作文
时间的制造者有现代人的节奏
手表在劳动的深处
脉搏和它们有相同的经验

1992年5月

赭红沙山

韩少君

一路，流沙鸣响
耳郭，模糊一遮五月新麦的收割声
还有八月，豆荚悄悄炸裂
翠鸟飞越，日光朗朗
黑影从头顶掠过
水样的啼音
被燥热的沙粒迅速吸干

骒马在栅栏内打着响鼻，夜里
泉水中
最易看见乡情的骨骼
新月披纱，一只老蛙
正从赭红沙山爬出

出门在外
背沟沟积满老家的硝盐
这颗粒状的咸涩，摸一摸
便能发出细沙的声音

而那座赭红沙山
慢慢收拢，成一枚故乡的心脏
总在我的前方弹跳

1992年10月

不是鱼皮就是花衣

汤养宗

我的爱人　如果你要成为蕾
我带你到海底更置衣装
我教你怎样黑掉我们寄生的
蜗居　当另一种妩媚
闪电那样重新抽芽
你在那丛波涌上不要下来

在水光疯狂的边缘婀娜多姿
我教你走成经典的奇香
你的显现是一条鱼母的外伤
是挑开碧水的最大的飞溅
金针银线谁最初备置
谁对波浪作过第二种量裁

全世界的纺织作坊
现在伸手不见五指
鱼游进一块布成为王
女人穿上一件新衣成为水灯

你沿着自己更幽独的波纹
上升成来自水底最高的花

把襟前的排排水声扣好
如果跟我在诗句里居住下来
我们要在深水下备好剪刀

1992年12月

拟民谣：牧羊姑娘

叶　舟

我擦亮第一盏马灯
我摸出爱情的牙齿
夜晚开花呀——
牧羊姑娘，你要回到我的新房
门槛上两只口袋
是我唱歌的双亲
夜晚开花呀——
牧羊姑娘，你要打开饮水的井盖
马儿在干草上跳舞
主人就要到来
夜晚开花呀——
牧羊姑娘，花是草原最美的马兰

1993年2月

铁

江一郎

铁无所不在
我写作时手中的笔
是铁制的一种武器
烈火锻造过的铁
可以是剑
是现代枪械
一支普通的笔
依然是铁
比铁更充满力量
铁的本质
在于如何制造它

我写作时
笔在我手中
如同把手掌按在剑的锋刃上
这时候，铁沉默的光芒
冷冷地注视着
在铁的面前

人类是脆弱的

如果说铁是一种思想
锈蚀了的铁
远比石头坚强
很多年以后
一枚钉子从墙上掉下来
依然是铁

1993年3月

海边的沙子

大　解

来　看看这些粉碎的事物
这些大海磨烂的岩石　多么平坦
看看踏下的足迹会不会
顷刻消失　像去日的爱情被风吹散

挖地三尺我深信埋没的岁月能够
重新出现　那时你赤脚走来
指给我海上的波涛和
闪电抽打的云彩　风暴正渐渐逼近夜晚

一千对情人手指大海
在热吻中倒向黑暗　而我
吮着你唇上的露水
把心中的大旱推向边缘

那时肯定有人在雷霆中吓死
有人在沙滩上写下最后的诗篇
我却祈望更大的风暴

比爱情更猛烈　比闪电更突然

你带给我全新的一切　然后转身
在夜色中消失
多少年了　我携带沉默的沙子
除了沙子　你不会在别处重新出现

因此我说　暮色降临吧
爱情不怕黑暗　青春从不孤单
今日我必将遇见你
像幸福挨着幸福　像多年以前

1993年5月

秋

雷武铃

最后一只蝴蝶消逝在
火车过后的秋天

静静的山谷
铁轨之上的天空
蓝得没有表情

我看见山岭、蝴蝶、松树一闪而过
秋天从幸福的新婚中
一闪而过

1993年5月

一个人的命运

庞　培

一个人的命运
是他的言行，是他身上的气味，房间里的布置
是他的报纸，是他读的书，喜欢看的电视
是他睡眠时衣服的“窸窣”声……

一个人的命运
是他淋过的雨，走过的街道——是他的自行车
是他的女人、郊游、牙齿，兴趣广泛的业余时间
是他在楼梯上突然停下来的一个念头

一个人的命运
是他的床单，是他的信笺
是他走路的姿势，购物时的口吻，隔夜
陪客人跳的一个舞

是他探亲访友时的愤懑、哀伤、喜悦
一只旅行包的颜色
一个人的命运
是他经常听的音乐

1993年8月

幸福的几种形式

耿占春

我说过：
我的停留不会太久。
我的烦忧也不会太久。
那我该不该为这个世界而有太多的哀伤呢？

我活着的时候，
我热爱的黑眼睛会在我闭着的眼睛出神，入梦。
为我召集天上的宁静，微波与轻风，行星与恒星。
我看见的鸟会在我躺下的身体里继续飞翔。
在那里展开更深邃的天空。
在那里聚集起一个夏季的风暴。
一场大风，大片庄稼奔跑起来，
像畜群耸动着脊背。
而这时我就是被蹄声敲响的鼓，就是
蹄声卷起的绿色烟尘。

如此我就会眷恋自己的生命，
因为听、看与摸，这是幸福的几种形式。

因为清秋傍晚西北天边的露水闪。
穿堂风，玉米的红胡子和夜里降落的雪，
因为雪在大街上融化的日子，到处都扑满了啪啪嗒嗒声。

声音，声音里的事物是我欢悦的耳朵，
能看见的一切也是我的眼睛。
北方的四季分明。存在的万物正是我心里所想的。
雪松，扁柏，火焰与芍药，一行白杨树已高如深秋。
自然的安排高于智慧。
在我最终要去的那个世界，
我不企求七重天上玫瑰的旋律，我只要
在常见的阳光中，在松枝下，一层层积雪晶莹，
在我路过的时候，
扑扑嗒嗒灌满我的脖颈。
一双黑眼睛，看与被看，听与被听，摸与被摸。
轻柔如弱音的摸，是手和腰肢在孤独地唱歌。

这里定然有我的巨大的欢乐。
在眼睛、手和耳朵不及之处有想象的真实之物。

1993年10月

回　　家

郁　葱

在秋的心境里，我们回家
通往家的唯一的路上
满是泥泞

我们有时靠太阳回家
有时靠月亮回家
有时靠一点萤火回家
而有时回家
就仅仅要靠
我们的眼睛

我们回家，在我们家中行走的
全是梦幻和乐音
再沉厚的书，在家中也显得单纯
一种味道
光洁的地板上的几粒泥土
都是为了点缀
那种纯明

我们有时在目光中回家
有时在语言中回家
有时在想象中回家
——那重重的心事上
常沾满窗外的草星
回家，是在家时的一滴泪
是在外时的一个梦

我们回家，我们回家
回家，一个故事的
开始和最终……

1994年3月

萤 火 虫

蓝 蓝

我的眼睛保住了多少
萤火虫小小的光芒!
那些秋天的夜晚
萤火虫保住了多少
星空、天籁、稻田的芳香!

清凉的风吹进树荫
轻轻抱起活过的恋人
山楂树低垂的果实下
那互相靠近的肩膀

绿莹莹的小虫游丝一样织进
山林、村落、溪水的流淌
爱啊，温柔的亲娘
保住了多少往事和叹息
众多细小的生灵
保全了我幸福而忧伤的一生……

1994年6月

大金瓦寺的黄昏

阿　信

大金瓦寺的黄昏，光的喧闹的集市。
集市散了。然则又是
寂静的城。

——阴影铺开，
一大片民居的屋顶，波动如钟。

此际，想象我就是那个
彻夜苦修的僧人，
远离尘嚣，穿过一条藻井和壁画装饰的长廊。

我是否真的能够心如止水？
我是否真的能够心如止水？
不因檐前飘落的一片黄叶，蓦然心动

……但我想
我是有点痴了……终于有夜雨和犬吠。
终于有如鼓的街面，一辆马车
打身边经过。

1994年9月

塔什库尔干速写

王　族

鹰嘴里掉下的石子
望高原长大长高
石头城　疼痛而缠绵
我信赖的流水
在石河道与暮色之间
把鲜花和草籽
铺满羊羔绵密的蹄印

痛苦和期待的手
落进高原的土地
石头　牧人千年信守的鞭子
马倾听着奔走　为自己争夺歌声
诵经日的下午
我流浪的心情散尽
旋风里长出的草
像一百只少女的手
抚摩我已有的忧伤

九月

我和旅游车像碎石一样散了

不是裹在云雾里

也没有在果子下歇息

1994年11月

鼓。颂辞

沈　苇

一

在荒凉的西部，鼓声灿烂
催醒春天和夏天，使玫瑰开放
公牛雄壮，母牛奶水充沛

鼓声灿烂，村庄微颤
行人驻足，落泪
葡萄架下的少女翩然起舞

二

鼓：一个地区的心脏
向着世界的荒原深处呼唤
突围啊突围，日子在突围
美在突围，如羊群
尾巴着了火

它接受至高的派遣，俯身大地
将生的秘密洞察，一一点破

三

反穿兽皮的鼓，怀抱动物的亡魂
也怀抱破碎的时代
自成一体并自圆其说
四周的风景向它委身

一个微型广场，牺牲之花怒放
一明一暗的两张面孔，冰火夹攻
逼向绝境，逼向起死回生之路

四

它被雨水击打，独自迎向
星光暗淡的午夜
对世界有所侦察，略知一二

它滚向人群，吃掉天才的鼓手
筋疲力尽，发疯，爆炸
如一件用过的祭品，埋进沙漠

五

鼓之上，赤足披发的精灵在舞蹈
奋力一跃，迎向空中无边的爱意

鼓之上，夜闪开

为黎明让路

1995年6月

河湾边的阿依古丽

柏　桦

河水流走了村庄还在
河湾边的阿依古丽
你是谁的后代?

汲一桶流动不息的河水
抱一捆老树落下的干柴
你在那个小棚
煮着天山的笑声和八方的欢快

玛纳斯河
你可是为了她才绕了一个大弯
流过她唱过儿歌的家园
流过她和妈妈一起
哼着民谣赶着小毛驴走过的田垄
流过她唱着半生半熟流行歌曲的小棚

然后你又直直地流走
把她的目光带向何方

像一条轻轻摆动的马尾
舒曼地向前流淌

我口含一枝苇叶
一边走，一边为你
唱一支
长流不息的歌

1995年10月

九月的夜晚

谭克修

奇妙啊！九月的夜晚，突然跑出
一群大风，吹灭了天上的星星
吹灭了乡下的灯盏，把我提前吹向
怀念的冬天。我看见大红的菊花

还在踩不平的山路上奔跑，在大雪中
奔跑。湿透的布鞋，盛着她的少年
直接奔向盲目的婚姻。她披着夜晚的
大风，像披着玄色的命运长袍

我看见从她肩上滑落的大风
止步于我明亮的窗前，窥视我和日光灯
我浸透了黑夜的身子，端坐案前
是一束把持不住的火焰

乡下的童年。夜睡得更深
一株微弱的火苗却陷进失眠的风中
吃力地舞蹈，幸福地舞蹈

矫正着我和菊花咿呀的朗诵

当一场迟迟不肯降临的雪，并不能推迟
一辆迎亲的马车。大红的菊花
跑进苍茫的雪中，像一株更弱的
火苗，被一束宿命的北风勒紧

九月的夜晚，一群怀念的大风
把我吹向经年的黑暗
一场少年的雪，一场悲伤的雪
纷纷扬扬，落回我的诗笺

1995年11月

梦回塔尔寺

古　马

雪打白塔风吹大树
那棵有着十万片叶子的
旃檀树啊
被连根拔起
所有的神经都断裂了

我的神庙
在一片瓦砾当中
蚂蚁和经卷里的文字
相互充饥
我把钵盂放下了
我把包袱卸下了

1996年3月

蜜

祝凤鸣

匙中的蜜汁滴落
这亡花的晶亮骨髓，
变成发丝般犀利的小溪。此刻

我猛然跳起，来到户外——
潮湿的卵石滩，猫和熊的爪印。

我只有继续深入，潜入荒野的林中。

啊，五月，在数百里的新叶之间
繁花席卷了阴暗——风信花、蛇花、杜鹃花
默然对应。

草地，蹿起蘑菇焦绿的火苗，
群花飞舞，
蜜蜂宛如纷纷坠落的
红色雨滴……在这

奇异的中心，事物繁茂、零碎，

但从未遗失——

一首诗。一个祈祷者。一滴蜂蜜。

都将照亮地球任何一处黑暗的地方。

1996年5月

高 速 公 路

邱华栋

高速的运动，音乐的停顿和持续
把行动送进了冲突！

并且，飞鸟把翅膀收在半空
把羽毛递给了燃烧的空气

那是谁，在岸边收集车流中灯光的残片
扑灭尾气的火花与倒影

并且，城市的躯体因为高速公路的输血
日益变得茁壮，变得心动过速

在这巨大血管里你捏住喉咙，没有歌声
只有寂静，只有群鸟被惊向高空

1996年11月

空想的雪山

西 川

空想的雪山，有一天
或许会降落在我向西的窗前
它或许会夺去我的下巴；它零度以下的玉体
或许不适于我浅薄的称赞

它或许是灾殃，对于油头粉脸
它或许是福泽，对于内心的雪莲
在梦之外，被货架遮挡
一座空想的雪山像冻结的大海被拉出地面

白色，浩瀚的无上的白色
死亡之乡，或许更是精神的永生的家园
是一个被否认的隐喻
凌驾于有关生命和世界的种种谎言

所有丧失的灵感像所有的界外球
你别去寻找：它们已改变
既然存在着说得出画不出的空想的雪山

它们变化而来的雪球就会打翻你的灯盏

但是空想的雪山不是香格里拉
有钱有胆的人请试一试能否将它霸占
开进空想的人马上闭嘴
一顶吱嘎作响的小轿最终被静默的冰雪撕烂

喧嚣的尘世把汗水挥上天空
迎面而来的飞鸟将那空想的雪山秘而不宣
我抬头望见漂泊的云朵——不是它
我只好推测夏至日灼热的反面

却有一个人从我体内向外眺望
是孔子或柏拉图或一个发着高烧的野蛮人
他眺望那空想的雪山
他把自己变成一团空想的火焰

1997年11月

第二次出征西藏

孔繁森

我不喜欢孤独的吟唱，
我不喜欢哀婉的忧郁，
我喜欢淋漓的欢乐，
我喜欢火热的生活，
我喜欢国土的广阔，
今天，接到命令：
奔赴西藏，第二次奔赴西藏，
我又陷入遥远的回忆——

想那片草原，
想那片蓝天、白云的高原，
想那片酥油茶飘香的高原，
想那片流淌草原牧歌的高原，
想那片剽悍雄性的高原，
想那片佩藏刀饮大碗青稞酒的高原，
想那片雄伟高大的天然屏障，

过去了，又走回来——

离开故乡，离开那片养我育我的平原，
我不敢再想白发老母倚门望我回家。
我怕太阳下山之后，
大野里传来母亲的呼唤，
唤我，唤我，归家；
我怕那门前的酸枣树开花又结籽，
红透了之后，攥在母亲的手掌之中，
等我，等我，等我回家——

谁都有儿女情长，
羊羔跪乳，燕子衔食，
我知道男儿应该远行，
离家之前，我只想说——
祖国的每片土地都养人。

我知道出征的路程和分量，
我知道荣誉和牺牲、胜利和艰难，
绝不会单一降临到一个人的身上，
我要用妈妈的教诲、妻子的期待、
朋友的支持，来激励我勇敢顽强地
站在祖国的高原上——西藏。
为了祖国的每寸土地繁荣昌盛，
我愿做雪山上的一盏明灯，
把祖国的边疆西藏照亮。

1998年2月

呼　　吸

谢湘南

风扇静止
毛巾静止
口杯和牙刷静止
邻床正演绎着张学友
旅行袋静止
横七竖八的衣和裤静止
绿色的拖鞋和红色的橡胶桶静止
我想写诗却点燃一支烟
墙壁上有微笑和通明的女人
有嚼过的口香糖
还有被屠宰的蚊子的血

　　这是五金厂106室男工宿舍
　　这是距春节还有十八天的
　　　　不冷不热的冬季
　　　这是一个星期天的晚上的
　　　　九点半

第一个铺位的人去卖面条了

第二个铺位的人给人修表去了

第三个铺位的人去“拍拖”了

第四个铺位的人在大门口“守着”电视

第五个铺位的人正被香烟点燃眼泪

第六个铺位的人仍然醉着张学友

第七个铺位的人和老乡聊着陕西

第八个铺位　没人

居住　还有三位先生

不知去向

1998年3月

打工风景线

庞清明

我的众兄妹
操着各式口音　携带五彩梦
像一群命运的候鸟
从蜀渝　湘鄂　皖赣　云贵　冀豫
飞向南方
在一个叫珠三角的地方打工觅食
亚热带的风吹拂异乡的脸庞
粤语和炎热是两道难题

他们被招进陌生的工厂
白天在繁忙的流水线作业
重复简单的劳动　流汗　打拼
沐浴工业文明的赞歌
十个小时令人腰酸背痛
月薪三五百也就心理平衡
晚上八人睡在十几平米的宿舍
一人的微笑是大家的蓝天
一人的泪珠使室友的心空落雪

逢年过节　食堂加菜添汤
举办文艺晚会　篮球象棋赛
摸奖　录像　免费露天电影
卡拉OK一直喧闹到深夜十二点
乘大巴异地旅游　烧烤
他们是一群追逐花季的蜜蜂
欢乐像蒸气酥遍全身
一些打工仔搞成跨省恋爱
钻入林荫草丛拉手　亲嘴
淌进图书室啃企管文秘
学电脑编辑　荡漾起双桨
而婚姻却遥遥无期

出粮后就去相馆照几张合影
背景是画上去的高楼大厦立交桥霓虹灯
却迷住千里外羡慕的目光
去大排档炒几盘风味菜　猜拳　吹哨
打桌球　甩保龄球　溜旱冰
剩下大部分存入银行
去邮局排长龙　放飞神奇的鸽群

他们中有的学到技术
勤劳吃苦的被资方赏识
步步高升　月薪攀到几千元

让工友称赞使不已　在内心发狠
胆大的主动跳槽另攀高枝

开间小型店铺　来料加工
惨淡经营日渐发达
成绩卓著的被评为优秀外来工
户口顺利迁入当地可谓好福气
见义勇为的上了报刊电视
当然一些男仔违反纪律
消极怠工被炒了鱿鱼
背起行囊梭巡在车站码头
住下等旅馆　简易工棚　甚至狗窝
露宿街头与蚊为伍也是常事
变成烂仔屡教不改就只有关进黑笼
一些女孩贪吃扮靓
不小心游进灯红酒绿中了埋伏
为此成为三陪　二奶　金丝雀
成为珠三角的冷风景

人在江湖身不由己
活着就得流汗　出力　费思量
做人哪里都一样
日子过得顺心平安就算洪福
当然成功者衣锦还乡盖幢楼房

外镶马赛克　安茶色玻璃窗
给故土风光增色添辉
推动市场经济更是光宗耀祖
方圆百里村镇成了名人

1997年6月

第三辑

世纪风

守护一位老人

商　震

一棵树老了
它斑驳的干上刻满秋凉

夕阳忽闪在冷冷的头顶
火红的记忆如枯叶
随时都会
被一阵风携去

欢笑过的足音
如失踪的风筝
春天时的许多故事
唯余　不留神漏出的
几曲小唱　让
衰老在衰老的神态里
辉煌

老去的树
被夕阳点燃

未冷的灰烬

警示着还能流泪的青年

1998年10月

读者来信

——写在“3 · 15”保护消费者权益日

商泽军

1985年9月20日，湖北省随州市的一位消费者投书《市场报》，反映随州市交化公司家电批发部从上海购进1200多台电视机，质量低劣、无法销售。

时任上海市市长的江泽民同志很重视《市场报》转的投诉信，10月5日便在投诉信上做了重要批示：“……果为所述情况，应严肃处理。既破坏产品信誉，又坑害了别人，到头来也害了自己。”

1985年10月
东方上海
一位共和国的市长
一位未来十二亿人大国的领袖
正批阅一封读者来信
他的背后
是初升的朝阳
是朝阳中前进的汽车涌动的河流
是高耸入云的楼群与朝霞
是滔滔的黄浦江与长江

汇合而成的交响

湖北随州
这是一块在历史上闪光的地方
这是出土编钟的地方
一封信
从这片古老的土地上走出
一直走到
共和国市长的手上
它像一声声古老的楚韵
把关于质量的论争
在二千年后奏响
编钟阅历多矣
编钟在历史的深邃处闪光
它看到过昭关暗夜于胥的白发
它看到过三闾大夫屈原的奏章
它看到过庸碌的怀王
它看到过
历史的日升月落
典籍中的潮落潮涨
它知道
古老中国的吏治
从来是草民匍仆于地
　　官员高高在上

百姓的一切

系于官员的一咳一嗽

玩弄于股掌之上

五千年的历史

有几处，有几人

关心着百姓的冷暖风霜

而今，在上海

这片东方明珠闪烁的地方

这任共和国市长的手上编钟开始

惊讶

它懂得为人民公仆的分量

崇明岛。入海口、宝钢、南京路

虹桥机场

石库门。古老的弄堂、外滩

市长关注着世间的风云变幻

他也关注着小小的分寸之间

他到厂矿到学校到田间

他走近普通的生活

他走近柴米油盐

他知道婴儿的奶粉

他知道老婆婆腌制的咸菜手挎的菜篮

他走近白发苍苍教授的书屋

他走进大学的讲坛

这就是共和国的市长

黑夜连着白天
日以继夜，岁岁年年
在劳累中把理想
一步步推向美好的明天
一封读者来信
关系着东方上海的形象
作为一市之长
这虽是一个小小的细节
一年三百六十五个日子
谁也不记得
他办公室的灯光常常闪到天亮
谁也不记得
市长批示过多少的事情
失学的孩子
在市长的过问下走进课堂
拥塞的马路
在市长的过问下绿灯闪亮
古老的编钟目睹了
共和国市长对老百姓
反映的事情事必躬亲的
崇高形象
编钟含蓄
编钟埋藏于地下二千年
而今它又一次面世重光

它要用它的宫、商、角、徵、羽
为古老的东方
为东方的这群古老的子孙
在世界的前台奏响

1999年3月

麦克尔·杰克逊的下午

周　瓒

从打开的半扇玻璃窗，泄露了
一个隐居者午休的全部
秘密的角落，他的歌声像把铲子
不断地挖掘着大脑中暧昧的想象力
另一半扇纱窗则像只细密的筛子
沙子般碎硬的音符漏进来，覆盖她
脑中老死不相往来的古训
和一些怪念头：要是写作一本书
如同怀上孩子一样偶然就好了……
而他的歌词飞快地逃进狂叫之中
像有匹烈马正奔驰在他
滑动的声带上，而狂叫之后
就像有个蓄积着幸福秘密的大水池
淹没了这个中学生男孩青春期
全部激情的头顶：他高高的个子
抻出院墙上爬伸的南瓜藤
那一块活动的掩体。从厨房
到书房的冲杀，使他更加接近于

杰克逊的一句歌词，而当他的母亲
用比实际年龄小得多的语调呵斥
他每一次不经意的错误，她总是
听见他用一声声“嗷嗷”
算作全球性回答的一次次复制

1999年5月

女　友

李亚伟

两个她沿湖岸走来
傍晚，她一人回去
一缕风在她头上长啸

有一次我竟成了她的伴侣
“你住哪儿？”她问
“东八区”
“东经115°吧？”
看来，她认识我

她老沿着经线散步
夜间，我都能听到地图上
她沙沙沙的脚步声
“我们不能在一起。因为经度不同
相遇是因为夕阳斜视，很偶然”

我才发现我们是影子在谈话
一阵风从地图上刮过，远海

夕阳驱赶鱼群，鳞片闪闪

一个丈夫在海边拍摄远方妻子的肖像
他调焦距而且按了一下自己的心
他看见妻子消瘦而又漂亮

而我的女友去年就到南方去了
太阳正在天上长皱纹，这是
她最后抛给我的金苹果

我想拍摄她，不过我知道
夕阳已把她的影子投给
另一个与我息息相关的人

1999年6月

崖

牛庆国

走着走着
路忽然立了起来
这就是崖

哆嗦的目光
已无处落脚
走　还是不走

独对险境
就是独对一种悲壮
这样的片断
不知我们一生
能遇上几回

而此刻　头顶上
一只老鹰
已飞出一种期待

那么　是谁

还抓住崖面上的小草

不肯松手

1999年8月

飞翔，或春季的某一日

汗　漫

梦，用我的脑袋作为黑羽毛的身体飞翔了一夜
用鼾声作为鸟鸣。醒来，我发现自己穿过的距离
无非是从床上落入地毯
从深夜的热烈跌入凌晨的孤寂

据说，春天了。想念一个陷入春眠而不觉晓色的古人
而我的昨夜，无风无雨无落花
只有克莱德曼的钢琴在率领交响乐队这一群鸟
啼鸣着飞出附近那所大学的高音喇叭，高音的鸟巢

凝视一张有关我上身的X光照片，一幅黑白木刻
刀法简洁、洗练，排列有序的肋骨
组成花瓣、琴键和鸟翅？我是花园、琴房和飞翔？
而隐隐的疼痛则是霜、杂音和骤雨？

在大街上走一走，地上的身影不断变幻、破碎
像一匹荒诞的马驮着我晃来晃去
无花可踏，这匹马的蹄子就只能散发鞋油名牌的气息

女人们在风中变薄，英雄们在电影院里变老

的确，春天了。是我展开双臂飞过又一个冬季
还是光阴正振翅自我左脸的平原横越海拔四厘米的鼻子？
暮色。灯影。踏上我家门洞的楼梯
旋转着上升，我将回到顶层某个体积为三室一厅的旧梦……

2000年1月

瓦蓝瓦蓝的天空

李　南

那天河北平原的城市，出现了
瓦蓝瓦蓝的天空。
那天我和亲爱的，谈起了青海故乡

德令哈的天空和锦绣，一直一直
都是这样。
有时我想起她，有时又将她遗忘

想起她时我的心儿就微微疼痛
那天空的瓦蓝，就像思念的伤疤
让我茫然中时时惊慌

忘记她时我就趄身走进黯淡的生活
忙碌地爱着一切，一任巴音河的流水
在远处日夜喧响。

2000年2月

酒泉有座航天城

朱增泉

酒泉这地方很神奇、很出名
南有祁连山，北有居延海
霍去病击败了匈奴，在这里犒劳他的士兵
哈哈，大胜仗要大庆祝
酒如泉涌啊，用碗，用盔，用手
舀着喝，捧着喝，喝吧，痛痛快快地喝吧
干脆，士兵们一个个跪下去，一群群扑下去
将脸埋进酒池里豪饮，痛饮，啊……哈哈……
酒……好酒……酒之泉……酒……酒啊……

无疑，这是人类战争史上最为豪放的一次庆功大宴
世上没有见过如此年轻而大勇的将军
世上没有见过这么神奇的涌酒之泉
世上没有哪国的古代士兵喝过这么多酒
如此神奇的地方，肯定要出奇迹的
古人在这里最终打通了河西走廊
　　将西域收入版图，干成了大事业
今人要从这里打开一条通天路

前去探索宇宙奥秘，同样了不得
这里的风，这里的沙漠，这里的老胡杨
此情此景，最宜在这里高唱一曲《大风歌》

长城尽头，戈壁荒漠中
出现了一片海市蜃楼
疑是霍去病当年扎下的营帐，又不像
古代的军帐不会有那么高的楼宇，那么白的墙
古代打仗用不着那些尖尖升起在空中的神秘物件
古代联络靠烽火台，没有那些纵横交错的天线阵
古代尤其造不出那样一座高大壮观的发射塔
种种迹象表明，这里将要发生惊天动地的大事情

果然，1999年11月20日，早晨6点30分
“嗖”的一声，中国第一艘宇宙飞船从这里上天啦
航天城里，这些汉武帝和霍去病的后人
又一次对天痛饮酒泉酒
酒泉这地方，又一次在全世界出名

2000年4月

油 菜 花 开

代　薇

油菜花从洼地跃向河堤
带着一河水奔跑
洪流与波涛
决堤的……春天啊
什么样的速度
才能追上金黄的一瞥呢

蓝天下开阔的金嗓子
像河水在不断高涨
漫过堤坝
带动两岸飞翔

2000年11月

北京：千禧之雪

苏历铭

雪落在故宫的时候，天空已经秀出耀眼的阳光
有人在跺脚取暖
枯枝上落着寂寞的乌鸦

昨夜我在灯下读书
那书是关于赤道附近非洲的狮子
它们的长啸响彻在无眠的夜里
雪的飘落，我竟毫无知觉
就像童年时代祖母的仙逝
醒来时，窗外早已一片银白

雪是天空凝固的泪水
行走其上，吱呀吱呀的响声
分明在伤害谁的躯体
而我无法躲避
在别人踩过的黑色的足迹里
摸索自己的方向

千禧之雪静悄悄地覆盖了北京

跌倒又重新站起的少年
不会顾忌满身的雪片，依旧向前奔走
而我不同，我总在谨慎地寻找落脚的位置
并把衣饰上的雪片抖落

阳光依旧照亮我们的前方
却无法消融积雪，无法让我贴近大地
烦乱与躁动的冬季里
没有谁会屏住呼吸
倾听雪的晶莹的声音

朝阳公园的湖面不再有游船的倒影
酒吧里震耳的摇滚乐
冲不破铅厚的云层
雪落满在翡翠玻璃之上
霜花满布
今夜的星光恐不能消减冬日的寒意

世纪的钟声永远不是由春天响起的
雪是序幕，太阳正向北回归线靠近
在向我们的心灵靠近
正像毫无知觉的落雪，新生的枝叶
也会悄悄地绿遍北京

2000年12月

我以多莉的名义向人类致意

侯　马

假如多莉在人类的判断中
仍算是一头羊
尽管它没爹没娘
请允许我以多莉的名义

向人类致意
震古烁今
没有任何一只动物
也包括山姆鹰　罗马狼

像多莉一样一夜成名
并将在历史的鼓上一锤定音
它的羊角星空般旋转
羊毛白雪似翻滚

多莉拷问人类的尊严
让时光倒流的可能似隐似显
OK，多莉产下小绵羊

它尽管灭祖，却未曾绝孙

我以多莉的名义向人类致意
我的出场仍需假以时日
对人类制定出允许拷贝灵魂的《灵魂法》
我将公开我第一个克隆人的历史身份

2001年2月

尖

树　才

一棵柏树的梢是尖的
它的尖，来自它的生长

一根缝衣针是尖的
它一闪而过，不留痕迹

一座教堂的顶是尖的
它是人造，人爬不上去

我无法想象一片海洋
或一个湖泊的尖

海洋需要它自身的平阔
并让潮流无休止地涌动

孵生大鱼，小鱼，藻草……
吞灭船只，吐出火山岛……

人心啊，它惦记着极端
它望见天上星星的芒刺

星星的芒刺也是尖的
教堂的顶再尖也够不着

一颗星是另一个地球
一次极端是另一个远方

教堂的顶始终是尖的
那个远方始终抵达不了

2001年4月

忘 记 生 日

——写给自己和玉谱、桂间、思恒等同学少年

李肇星

当这一刻逼近，
泪涌不能自已。
忧患少年理想停滞，
担心圆形蛋糕甜蜜。

汗水滋润半百春秋，
劳动竟将成为奢侈！
爱不够的
是为祖国加班，
怕
烛光被自己吹熄。

谁能拒发时间签证？
谁能阻拦夜幕后的晨曦？
忘掉生日的无奈吧，
让生命之曲永不休止。
用东河秋水洗涤热泪，
让大洋长风吹醉叹息！

不要灯火，
不要酒席，
不要软软的长寿面，
不要善感的哼唧唧；
直面时钟的傲慢，
婉拒朋友的赞礼。

攀南山以提神，
面东海问手笔：
和平大厦
可有要严合的缝隙？
茫茫原野
可有要播撒的草籽？
街头巷尾
可有要清扫的尘埃？
邻舍小儿
可要帮揩一把鼻涕……

不管多么艰难，
忘掉那个时日！
用不老的心
启动新的寻觅。

2001年6月

藏

路　也

你对我真的很重要
相当于我生命的赤道
世界不值得信赖
我只好把你藏了又藏
最后发现最好的藏身之处是我的诗
把你这个人藏到方块字砌成的墙壁中
这是正大光明而又阴谋诡计的方式
每一个字都算是蛛丝马迹
可以捕风捉影，却找不到切实证据
你无处不在，可是谁也发现不了你

我还要把这些诗放到箱子里去
让一把守财奴模样的铁锁紧紧守住
长1米宽0.5米高0.25米，相乘得出体积
地球这么大，却不知往哪里拓展国土
我的地盘它这样小
它四四方方，它性命攸关

这是永生的纪念

我要随身携带，一直到达暮色沉沉的天边

它和我无比亲密，被当成某个身体器官

扔掉所有行囊我只要它

就像我在世间目不斜视只看见了你

2002年1月

爱上打铁这门手艺

李轻松

爱上铁这种物质
爱上一门手艺。爱上那种气味
带着一种沉迷的香气
带着一种迸溅的状态，我向上烧着
我的每个毛孔都结出了盐
我咸味地笑着，我把它们都错认为珍珠
我听见了它们撒落在皮肤上的声音
简直美到了极致！

有一种痛是迷人的。有一种痛
是把通红的铁伸进水里
等待着“哧啦”一声撕开我的心
等待着先痛而后快

我每天都推开“生活”这道门
与“平庸”相撞，而我抗拒的方式
却是越来越少，我的铁质也越来越少
连骨头里都是厌倦

我感冒，咳嗽，腰椎里藏着骨刺
肺里也堆积着黑洞和尘土

请把我的血肉和精神放在一起
让血肉欢聚　也让精神欢聚
我血里的沉渣全都泛起
被精心地打造成精品
我不知道坚硬的铁可以这么软
不知道铁可以像水一样地流
它流到我的嘴唇上，我就亲吻
流到我的骨缝里，我就战栗
而灵感像一把锋利的匕首
还是一枚绣花针
都由不得我

今年夏天，我学会了打铁这门手艺
今年夏天，我以一位铁匠自居
面对着炭火与水
我坚硬如铁

2002年2月

生 命 的 海

张海迪

风，扬起
我的帆，
推着我走，
但，我是舵手。

2002年4月

跨世纪有感

绿　原

昨日想说没说的话，今日还得说
昨日没办完的事，今日还得接着办
昨日想洗没洗的脏衬衣，今日还得洗
昨日没看完的连续剧，今日还得接着看
昨日滚滚东流的长江水，今日照样流
昨日令人仰止的高山，今日巍峨依然
昨日中国人的黄皮肤，今日照样不会变
可昨日是旧世纪，今日转眼到了新世纪
昨日是旧千年，今日转眼到了新千年
昨日是旧我，今日转眼成为新我
昨日强国富民的先烈梦，今日转眼兑了现
昨日种种转眼譬如昨日死
今日种种今日生又是转眼间
尽管陌生的200在笔下时不时
被错写成写惯了的19几几
昨日庄子眼中不知春夏秋冬的寒蝉们
今日毕竟有幸在这一转眼之间向着
远古不知百年、千年的老椿树
仰头攀谈……

2003年2月

春天的巢穴

张曙光

告诉我，在哪里能买到廉价的商品
诸如，一双高筒丝袜，真丝领带，或者爱情
股票的行情每天都在上涨，还有江水
而爱情不是，它被搁置在货架上
落满灰尘。也行，对于我们的生活
它是不可挽回的奢侈品
对成年人来说是孩子般不合时宜的游戏
或是誓言的坟场，你说出它们
只是为了领略这里荒凉凄寂的风景？
但它们是否坚固，像广告商所承诺的那样？
高楼生长着，像智齿。在这座城市
清洁的口腔里，春天寻找着它的巢穴
一个女孩对着一枝花儿祈祷，它被插在
花瓶清澈的水中。哦，我说，我再一次说
你可以制造点什么，比如说，泥泞，泪水
一次欢乐的为了告别的聚会，或写一封
简短的信：亲爱的，我将不再给你写信
虽然我仍然爱着你——仍然，就是这个词
这结局令人伤感而愉快

2003年4月

你是一棵树
——致人民的好书记郑培民

谭仲池

你是一棵树，永远青翠在老百姓的心中。在岁月的阳光里，每一片绿叶都闪射着生命的霞辉。

——题记

1

一个熟悉的名字　郑培民
在春天的神州大地传颂
千万声亲切的呼唤
郑培民
在雪峰之巅
洞庭湖畔
苏仙岭幽径
永州之野
莲城的雨湖亭台
湘江之滨　岳麓山枫林
回旋成湿润的清风
催放遍地绿茵
和山坡上如火的红杜鹃

公元2002年3月
一个细雨迷蒙的下午
黄花国际机场　暗云低垂
站在微寒的风里
等着你回长沙
我看到所有人的脸上
都挂淌了哀伤的泪滴
你回到了我们中间
依然亲切地向我微笑
智慧的双眼
蕴含无限情意
你抿着嘴　朝前走远
没有对我们再说什么
只留给我们一片森林般瀚瀚的怀念

从此时开始
一棵生命的常青树
就定格地耸立在我们面前
那数不清的枝条
摇曳着你59载岁月的风风雨雨
阳光月辉　柳暗花明
那数不清的绿叶
清晰地记录着你59年走过的足迹
留下的泥泞坎坷　沉重思索

跋涉的艰辛和慰藉

我们都站在树前

就像贴着一座高山

在感触呼吸回荡云天的浩然正气

在读一卷燃烧着生命火焰的壮丽诗篇

2

窗外蛙声一片

蝈蝈蝈蝈……

月色洒在绿叶上

荡漾着朦胧而柔美的诗意

谁说　这样美丽的夜晚

最容易萌发

绿叶对阳光的思念

和根对大地的眷恋

你是树　一棵在东北大平原上长出的树

在吉林大学物理系的熔炉里

铸造出知识和理想的翅膀

一旦自由地舒展手臂

伸向苍穹的枝叶

就面对现实的选择

举起青春的大旗

每一寸阳光　都要寄托自己的追求

每一缕春风　都要编织自己的向往
读书　思考
实践　升华
你终于在红太阳的故乡
在电机轰鸣的车间
走上厂部干事　厂党委书记的岗位
年轻的肩膀扛起了大梁
不徘徊　不彷徨
不辞劳　不气短
继而又挺身接受时代和大自然的雕塑
挑起了市委书记　副省长
省委副书记的重担
是大树总要去做擎天柱
是精英总要去为华夏增光
你一生铭记自己写的座右铭
“做官先做人，万事民为先”
你一生履行自己立的警言
“情浓钱淡，水葆清白”
在漫漫征途的跋涉中
你深悟“先天下之忧而忧
后天下之乐而乐”的真谛
在面对困难和风险的考验前
你更能体验“为有牺牲多壮志
敢教日月换新天”的壮烈

即使偶然与妻子相聚　交谈　散步
你也总是“情切切　意绵绵”
把言谈做成最美的文化盛宴
让知音品味人间的美丽和纯真
“与其我留给你们财富
不如留下创造财富的能力”
你把自己读书　实践　思考的答案
凝成精神的火炬
去照耀年轻生命的征途
那是心之圣光
情之彩霞　能遮人生几番风雨冰雪
簇拥人间几度七彩缤纷
难怪你在逝世前一天的电话里
你还叮嘱妻子：“别惦记我
愿你每天都有一个好心情”
你的倔强的身子
在践行一个共产党人的誓官的奔波中
被病魔击倒了
可你人格的大树
依然顶天立地
春意盎然
气贯长虹

3

用最美的语官
描述最美的灵魂
永远都是苍白的
用最好的曲子
歌唱最好的人
再好的旋律不会比血浓

那是一页镶上了金边的信笺
寄自湘西米良乡的叭仁村
信里站着一个三面悬崖的小村
是感谢你徒步12公里爬上古老的山寨
去看望湘西州最穷的乡亲
你在海拔1770米的山顶
和村民共商治穷致富的大计
几度春风春雨
几度彻夜沉思
几番战天斗地
几番挥汗如雨
现在这里的树绿了
这里的花红了
这里的电通了
这里的水有了

这里的路宽了
你给边远僻村带来的情谊
已沉淀成电视机前的欢笑
和苗家杯中的酒香
人们还记得，你拍着基层干部的肩膀说
“大雁飞在天上　要有领头雁”
你自己就是领头雁
领着正开发的湘西在阳光里起飞
你在边城翠翠放歌的吊脚楼边
将画托着凤凰翔舞的火禾公路
给火炉坪村的500户群众
铺展一片晴朗的天

你把大电网引进奇山秀水的怀抱
你把湘泉玉液送到都市的餐厅
让酒鬼与酒仙痛饮豪唱
你又在黄永玉的山水写意画中
弯腰下田去播撒浓重的秋色
更在沈从文水的美韵里
看妻子为你洗刷沾满泥巴的胶鞋
每一粒尘沙
每一滴泥水
都让我读懂了你“手拉手　户外走
身体好　永相伴”的爱情乐章

是你又托人买回柔软平底的胶鞋
好为妻子步行上班寄托一片心意
人生何以为荣禄
人生何以为幸福
人生何以为光彩
人生何以为尊贵
就从你爱民　爱妻　爱儿女的细微里
我看到每一片绿叶
映射着太阳光芒的无穷奥秘

4

你是一棵痴情的大树
永远不离养育自己的土地
把根往泥土里扎得越深
心就与人民贴得越近
群众的来信坚持自己拆看
农民家的锅盖要掀开看个究竟
撩开蚊帐要翻看床上的被褥
住进乡野孤寡老人家
长夜谈心迎来窗帘亮起晨曦
你的心为百姓忧
你的情为百姓系
你的痛为百姓生
你的血为百姓流

5

沧海横流
显出英雄本色
挽惊涛骇浪
更添万丈豪情
1998年7月24日　那个黑色的夜晚
你的身前身后风高浪急
保住安乡县城
保住安乡县城
险情如闪电烧出十万火急
必须抢修一条11公里的大隔堤
你疲倦的身影　在大堤上闪现
一分一秒都拖着沉重的步履
一边指挥　一边搬麻袋抢险
你不顾身患高血压心脏病
糖尿病的重疾　把自己变成
一根巨大如塔的树桩
挺立在浪涛翻卷的洪流里
这是一面飘扬着钢铁意志的旗帜
这是一首搏击风浪的勇士进行曲
“这次抗洪　是对我生命极限的挑战”
你对妻子的诉说
压倒了洪峰

降伏了洪魔

整整60天　400公里的长堤

在你脚下伸展

头顶的烈日

地面的尘土

堤岸的蒸气

云层的暴雨

都在为你指挥激战壮色

都在为你排除大险助威

你在心中默念

“我不下地狱　谁下地狱”

一定要保住15万人民的美好家园

即使付出自己的生命

也在所不惜

你是那样神情坚毅

指挥若定

站在堤上你落泪

站在堤上你心焦

人民的父母官

人民的好靠山

一天两个鸡蛋都舍不得吃

怎忍看酷日下灾民在扬尘中喘息

是造福百姓

还是造祸百姓

这个沉重的问题
常在你心中鸣响
一思考就是几十年
你是用一步一个脚印回答
你一点一滴做起
你不搞轰动效应
只知埋头进取
人民高兴你高兴
人民困难你难过
你明白最高的奖赏是人民的肯定
你懂得最大的报偿是人民的乐业安居

堤外洪涛滚滚
桌上盒饭清淡
没有祝福似有祝福
没有佳宴似有佳宴
明月清风送来帐篷学校的琅琅书声
胸中波澜激你回首55年的风雨春秋
是酸甜苦辣
是把酒当歌
是这样在指挥抗洪胜利决战的瞬间
拒千里洪峰于常德重镇之外的时刻
棒着清茶为堤上的4万灾民祈祷
静静地在心中度着自己的生日

这是一个庄严而不寻常的生日
是一个意志和灵魂在接受洪涛和艰险洗礼的生日
更是一个公仆　向党和人民
交上一份无愧于天地和苍生的答卷的生日

6

好啊　你是一棵树
大地上最壮丽的风景
你的栖息令山川秀美
你的青翠令岁月蓬勃
你的伟岸令云霞灿烂
你的潇洒令天地高远

好啊　你是一棵树
大地上最神奇的绝唱
你用风的语言讲述青春的豪迈
你用光的火焰诠释思想的闪电
你用美的想象展示世界的精彩
你用飞的律动迎接明天的希冀

好啊你是一棵树
大地上最锦绣的诗篇
你没有个人的欲望
却满怀对未来的憧憬

你不需要任何赞美

却有超越一切的动人乐章……

2003年7月

连绵的低矮的小山……

桑　克

连绵的低矮的小山，几撮
杨树丛生的丘陵。蛇似的铁路。
农舍，是红色的。河流闪光。平原上
电视转播塔，一根绣花针。
这是我熟悉的黑龙江风景
或者北大荒风景。
我和它一度关系亲密，而今
它在梦的沼泽地里。
我的斯来沟。我是这么叫它的。
我的灵魂。我也曾如此命名。
它的炊烟，仿佛我的胳膊
细而充满韧性。老屋已卖与他人。
篮球场大小的庭院，樱桃树分泌
细小的花朵，树江和他的狗
在下面游戏，向蚂蚁炫耀默契。
我坐在玫瑰树下看书，意大利
怎么在黑暗中复兴。
我的父亲，在杨树林南给烟浇水。

母亲，在摘豆角。她的背影
仿佛下午的阳光。三哥在洗
浸着机油的工作服，向我讲述陶渊明。
二哥边与乳牛交谈，边推开篱门。
大哥提着蜂坯，看不清
隐在白色防护帽中的面容。
大姐，抱着一捆青色的柴火。
还有二姐，还有小哥，他们在做什么？
或许推着双轮板车。
我出生时，他们已经辞世……
我缓缓抬头，我温暖地看着。
温暖地看着这幅从来没有出现过的画面。
从来没有出现过。
我叫过妻子，我让她
和我一起看；
这新风景，这个家庭。

2003年11月

太空畅想曲

张　庞

那是一道扶摇直上的惊世航迹
那是一簇飞速拉起的冲天花环
望似嫦娥奔月舒广袖
且看呼啸云天舞彩练
啊　插着民族的翅膀
映着大地的笑脸
千年梦想编织了中国航天“情结”
一代天骄扬起了“神舟”载人风帆

遥望太空骄子箭步洞开天窗
曾收获蘑菇云的中国人
今朝弹着地球尘埃
驻足那片阳光公园
五星红旗　落户天宇
咀嚼遥远　食味甘甜
沉稳中带着几分调侃
读出这奥秘天书几多新鲜

哦　在这神奇而又冷寂的遥感世界
在这没有生命　没有空气
没有声音的“世外桃源”
漂游着大大小小的星际航船
以轨道代替河床　以叶板代替浆帆
巡视茫茫天河　月光星团

人类引颈长空　奢望天际
穿越大阳系时空隧道
一览众星　一望无前
银河系外　本星系群
星系团　本超星系团
广袤无垠　混混沌沌　一片浩瀚
正如地球上
山外有山　山川相连一样
开放的宇宙
天体无限膨胀　天外重天

这里重量不重　轻若蚕茧
失重状态俨然一副天平杠杆
这里仰卧起居有太空人的习惯
适者生存　智者牧天　优哉飘然
这里强辐射超低温的酷冷气候
封冻着丰厚的天然资源

供人类走出枯竭　雪中取炭
这里微重力超真空的生长环境
催化着奇迹般的良种孕育
让铁树绽放　昙花久现

这里航天飞机　宇宙飞船
一艘艘金梭银梭　承载着
人类的生命摇篮
这里宇宙移民岛　太空生物圈
恭候人间来客造访
拥挤的地球人
乐此不疲　获得舒展
这里宇宙速度骤然冲击WTO摊位
公平与效率　克隆白领蓝领集团
这里无声操作　天外刷卡
不敢恭维妄自尊大的美元　欧元
伟大与渺小
先进与落后
坚挺与脆弱
一切循着新的秩序刷新和改变
哦　这就是太空人的情愫
这就是太空站的质检
仅持一张旧船票
难以登乘太空船

云雀在霞光中衔来芬芳的桂叶
喜迎勇敢的太阳鸟自远方归来
人们讲述着古老悲壮的神话故事
尽情欢呼　翩翩起舞　高歌凯旋
地球村落那篱笆墙内的守望者们
打开眼界　远瞩高瞻
啊　飞船　好气派的中国飞船
还有年轻的中国航天员
张开我们翱翔的臂膀吧
拥抱太阳　拥抱灿烂
一个真正飞天的时代正款款走来
看　共和国旗帜舞动下的英雄儿女
正和着世界圆舞曲
收获金秋　播种春天

2004年1月

SARS物语

杨晓民

穿越东四胡同的救护车狂奔着

我在通往西郊的大路上自由地呼吸，从传染的隔离区逃脱
我看见大街上口罩的愤怒与恐惧
头顶上一架庞大的波音777正挥汗消毒
京华之西，北中国的阳光鸣奏着
我在直逼固始县无量寺村的广告大楼里拍打着波涛

一个人的，我调制的一点小小的蓝色的漩涡
那个戴耳坠的女子带着灾难的情调来了
我无法和她深吻
隔着病毒的空气，我在钓一条小鱼
还有一位比小鱼更小的学生问我，什么是爱情
当时我正努力写一首莫名其妙的小诗，像知识分子似的
我说爱情就是一大堆烂在地里的历史
说这话的时候我更像个哑巴，千里之遥地叫卖
抚摸、插入、痉挛、白色的唾液
我充满弯曲的身体更像一个时代迟钝的河床

没有岸，我偏偏拴牢了
这是四月的漂流，担架以及四月鲜艳的口红
疯狂的眼睛裸露着
疯狂着，这打开的城市和天窗
我该怎样练习遗忘，就像冠状病毒的锯齿
带走我心头一群小鹿的惶恐
白与昼，生与死，在拥抱中紧紧关闭
黑色的咳嗽，咳嗽
我在一个小方格里喷洒着仇恨的香波
而美国的华尔街日报上，有人却说，一个诗人正快活着死去

2004年2月

世　纪　风

李少君

我没有登上山冈眺望的经验
却一直在费力地望过去
踮起脚，我从一大片涌动的人头中望过去也望不见你
我知道你不过是一本旧小说里走出的人物
拎着一张破报纸踽踽而行
二十世纪的旋风登陆的时候
你穿过长街
不知到哪儿去避一夜风雨
淋湿了的长衫很潇洒地掀动
如今我戴着鸭舌帽
伸长脖子在望你
望得脖子酸疼了也不肯低头
你也许从此不再露面
我却不怕人们嘲笑我艰难的姿态

2004年11月

轮　　回

熊　焱

我到老年活动中心接你，父亲
你坐在摩托车的后座上，抱紧我
我们穿过大街，两旁物换人非
不变的只是那些街道的名字
它们像几十年的街坊、邻居、老熟人
在亲切地注视着我们

前面就是文武路了，父亲
二十年前我在这里念幼儿园
你送我上学，接我回家
骑的是自行车，我坐在后架上
跟你说话，或者自个儿唱歌
在校门口，我想吃两串冰糖葫芦
你只为我买了一串

二十年后的今天，父亲
你抱紧我，你不要沉默
我多想你跟我说话，或者你自个儿唱歌

经过校门的时候，我多想你叫我停下来

父亲，我多想你叫我给你买上两串冰糖葫芦

2004年12月

听城里人喊活着真累一直想不通

卢卫平

上楼来电梯　下楼乘电梯
坐真皮沙发　戴仿真假发
睡梦牌席梦思　一条田埂长的路
打的　十条田埂长的路就坐
飞机　刚三十度就空调
还在八度就烤火费　一个人　一个老婆
还两天一卡拉　三天再OK
三百块钱只是小费　五百块钱才算
茶钱　六个人吃七个人的菜
八个人喝了九瓶酒
十斤重的东西叫搬运工
向灾区捐的衣服　没有一个补丁
往垃圾堆扔的东西　养得活
一个县的人　天天都像过年
怎么还在叫　活着真累

2005年1月

电　话

郑小琼

坐下来倾听阿拉伯数字丛林里流出来的春天
那人在电话线的另一端春暖花开

我听见，梨花的清香
——不远千里地开着

就这样坐下来倾听，春天沿着电话线来临

还有——那些爱。以及
回忆。思念

2005年3月

博尔赫斯对中国的想象

宋　琳

沙漏。秒。最细腻的皮肤的触觉。
玉如意。痒。你读过的书中
既无页码又无标点的秘籍。
大阳的章节。月亮的章节。海的章节。
哑剧的脚本，一首比枝形吊灯更美的
佚名作者的回文诗那循环的织锦。
宫女在奉献之夜对皇帝的规劝。
《尔雅》的一个章节或《易经》的一个对卦。
大禹的病足和铁鞋。滔滔江河。
徒步丈量世界的、作为K的原型的竖亥。
(卡夫卡知道，他永远到不了极地)。
函谷关的两扇门，桌上摆着那
字迹未干的《道德经》的第一个版本。
空虚的富足。逝去的回归。
南海鲛人的一滴变成珍珠的眼泪。
李商隐写给某个女道士的无题诗。
爬上泰山的一只阿根廷蚂蚁。
鉴真号水手划船时整齐的动作。

一张利玛窦在肇庆绘制的坤舆图。
宇宙飞船上看到的万里长城。
象征天圆地方的一枚古钱币。
雪落在永乐大钟上发出的声音。
江南那东方威尼斯的富庶与颓废。
考古学家的镊子。木偶的提线。
《山海经》里闻所未闻的奇异动物。
兵马俑的沉默。丹客的炉与剑。
我在日本的一块石碑前
用手掌阅读过的天朝的不朽铭文。
与布宜诺斯艾利斯的一个铜门环对应的
上海石库门上的另一个铜门环。

2005年9月

木　匠

唐　力

劈开木柴，救出秘密的火焰
劈开腐朽的木头，救出送葬的人群，礼乐
挽歌的马匹，白幡，倾斜的风雨
劈开旧事，救出过去的岁月，往昔的力量
他光着上身，两块胸肌像翕动的岩石
在相对着呼吸，谈话，他高扬手臂
凌厉的斧头划过辽阔的大地——
劈开一座森林，挽救一山的鸟语花香
有如劈开锈蚀的钟，救出不朽的青铜之声
有如劈开词典，救出优秀的词语
有如劈开泪水，救出爱和疼痛

最后他要和我一起使力，劈开这
沉沦的肉体，救出一道精神的闪电
在自由和梦想中飞翔

2005年12月

弯　腰

朱　零

我把祖父埋在
不远处的半山坡上
让他能时时俯视着
我的劳作和我
日渐花白的头发
微风里
我和庄稼频频向他弯腰
我一边收割
一边向着半山坡上的老祖父
鞠躬致意

2006年4月

水墨画中的留白

扶　桑

吹过裙边的风，摇映
我一身的树影里，有你
在五月温润如玉的夜晚
那迎面而来的路人里，有你——
你在肖邦《夜曲》的月光中。天边
晕红着脸的朝霞与晚霞里
你在我的往昔那一张张雨水
浸渍的信笺上。我最初的慌乱中。
在眼瞳的霜迹、蹒跚的泪痕，嘴角
微微上翘的笑纹。在我缓慢漾开的静默里。
我向往
而未曾生活过的地方。
——我残缺的部分……

你显现、你在那儿，像水墨画中的留白
没有什么不是通向你的曲折幽径
白石台阶——

呵你，已脱离了你而进入我自己
你，是我灵魂的一部分——

2006年5月

相　　信

黄灿然

他们是朋友，或他这么相信，
她也这么想。
所以，那天下午，当他们
相约在海边一家餐厅吃饭
并在饭后到海边散步的时候
他们并没有意识到
那里是情侣们散步的地方；
直到一个卖花的女人出现
在他们面前，并坚持要他
买一束白玫瑰。
他不好意思地买下，而她
也不好意思地收下，并想：
“如果这是他主动的……”
他也想：
“其实啊，我愿把这颗心
也献上。”
他们肩并肩走着，
相信各自相信的，
直到互相失去联系……

2006年7月

想象的青藏铁路

张风奇

1

我想的青藏铁路
是一个千年铺展的梦幻
血肉的根须
钢铁的枝蔓儿
一直伸向拉萨的月台
结出的果子叫梦圆
我想的青藏铁路
是大地飞龙的蓝天
能望见银的河，青的海
云的白帆
能望见湖泊的星星
藏红花烂漫的高原
圣洁的雪山
和盛开的美丽雪莲

2

青藏铁路，庄严的正午

那些抵达灵魂的阳光
使阴影寻不到安置的地方
建设者急促的喘息，以及
黝黑的皮肤，粗粝的手掌
一滴泪水，一抹汗水
都闪烁着晶莹和高尚
青藏铁路，伟大的苍茫
汽笛的音域网不住鸟的翅膀
人躺下是路基
人站立是路碑
生命禁区是精神的故乡
无人区里升起人烟的旗帜
常年冻土种植火的歌唱
远山很远，近水不近
所有脚步都是里程
所有的道路都指向前方

假如风暴不来敲击门窗
假如萤火虫飞舞闪亮
爱情和思念也会乘机生长
我在期盼团聚的时日里
想修一条铁路连接千年祈望
我在信徒朝觐的跋涉中
想修一条铁路通往人间天堂

3

其实，我向往的血液
一直在风沙的叶脉里奔驰。
青藏高原，世界屋脊
谁有神力，谁有灵气
搭建起一架偌大的天梯
我要到喜马拉雅山上
捧回最纯净的雪水
我要到布达拉宫
接受最圣洁的洗礼
我要到我的梦想之外
发现内心的恬静和栖居的诗意
我想的青藏铁路
从梦幻中来
到现实中去
我想的青藏铁路
从现实中来
到史册中去

2006年8月

残　简

阿　华

康德认为，对美的认识
不能全凭个人的口味
是的，有人写下了落叶
并不意味着，他就不会
喜欢春天广玉兰下的花海

理想和现实，总是
一个墨绿，一个古铜
就像我，对于提前到来的夏天
有深到骨子里的厌倦
但在生活这巨大的工地上

我不得不和众人一样
钉钉子，拧螺丝
浅薄地展示个人的谋生技巧

理想和现实，总是
水火不容，而我

更愿意它们是泾渭不分
又相互滋养的两个世界

就像此刻,我小心翼翼地在纸上
写下我的爱和忏悔
轻,或者更轻

因为太在意这个世界
我怕会把什么轻轻地戳伤

2007年11月

第四辑

起飞中国

夏　　夜

胡　弦

明月朗照。睡在槐树下,偶尔醒来,看见远方山影的
荒凉废墟,田野上,有搬不完的银子
我并不孤单,织女星像年轻的母亲
她有那么多孩子,而我是唯一睡在槐树下的一个

多少年了,像一直还在睡眠中,露水也没有什么变化
月光下,无数河流,慢慢汇聚,冲决
先是梧桐叶,而后是烟叶,倾斜,仿佛偶尔一两声
夜鸟的啼鸣所至,有过微小的晃动,在黑暗,和浅梦中

2008年8月

茅兰沟的风声

谢建平

晨光半阴半凉显得很老
我战栗地扶着无序的斜光
走下石阶

那光微凉而轻
它托不起我的记忆和诗意

一棵伫立的白杨树
接住我的手和虚空的梦
我看出它未褪色的秋衣上
依旧写着倦怠的梦境

我知道茅兰沟低处的生活
秋末一样小心地凋谢着树影的忧虑
也滋生着幽暗的荒野中
那半透不明的阴湿带

我摸着茅兰沟梦的边缘

有冷光沾着的故事还在忧伤

不过
我还是颤巍巍地离开了
那隐约的白杨树无意的乐动
它很轻

像我的呼吸

2009年1月

生　　辰

史铁生

这世界最初的声音被谁听去了？
水在沙中嘶喊，风
自魂中吹拂
无以计数的虚无
如同咒语，惊醒了
一个以“我”为据的角度。

天使的吟唱，抑或
诸神的管弦，那声音
铺开欲海情天
浪涌云飞，也许是
思之所极的寂寞
梦之所断的空荒
未来与过去，模铸进
一个名为“尘世”的玩具。

一阵不可企及的钟声里
一方透明的隔离后面——

玻璃的沁凉与沉实，被
感觉到的时刻
天使和魔鬼相约而至，跳入
一个孩子的眼睛
他的皮肤
他的身体
他的限定，和他
不可限定的痴迷……

一条小街，无来由地
作为开端，就像
老祖母膝下的线团
滚开去，滚开去……
数不清的惊奇牵连成四季
冬去春来
花落花开
编织出一个球体的表面
河汉迢迢
关山漫漫
或缠绕成——比如说
潘多拉的应许
斯芬克思的诘问。

但那最初的声音里，你可听见

早已写下了最终的消息?
不过要等到秋天，等到
金风如舞
细雨如歌
方可悉闻她的旋律。是呀
老祖母早已心知肚明，而你
要记住她的表情
要跟随她的姿态
当一切都皈依了永恒复返
你或许才能听清，老祖母
默然而知或怡然哼唱的
那个曲调。

2009年2月

居通州记

谷禾

我有补丁大小的蓝天，指甲盖儿大小的
云彩，我有明灭的风雨和灯盏
我有芙蓉园小区底层的511房，这里不面朝大海
也不春暖花开
但我有属于自己的旧书桌，有半盏台灯
深夜里醒来，望着房顶发呆到天亮
我左手的六环路上星辰寥落，右手的运河啊
它从不关心桥上红绿灯的节奏
我还有变幻的早晨和黄昏
长安街继续向东延长，它带走了我双鬓的乌黑
周末的运河广场上
我有缤纷的风筝，咕咕叫的鸽群
绸缎似的草地，和草地上
忘情交配的小蚂蚱
我有草叶绵绵的情话，它们以露珠的形式表达出来
但又如此短暂，仿佛眨眼就已消失
在通州，我还有三千里的思念夜夜穿过母亲的针眼儿
它无限大又无限小

我有臃肿起来的身体，我有悬空的泥土之心
它被轰隆隆的钢铁一次次撞击着
碎成了齑粉，落入风雨中挣扎的草木……

2009年6月

一　个　梦

娜　夜

一个小站
一些冷风
我老了
车票也丢了
时间拎着它的风雪
我提着我的小提琴
这多好
我老了
我的梦让我看见：我爱过的那个人
像爱我时一样年轻　相信
爱情！

2010年3月

中 国 力 量

梁　平

从汶川流经的岷江哭过，
正在盛开的春天突然窒息在轰然垮塌在山坡上。
那一天白云黑了，眩晕的废墟和人的奔走、呼号、流血、牺牲一起，
把数以万计的死亡记录在案。
整个世界的目光凝聚，凝聚在废墟里折断的呼吸和生还，
凝聚在生命的重新集结，重新燃烧和太阳一样炫目的光芒。
岷江终于停止了哭泣，岷江的水，冲洗了残留的泪痕，
废墟上破碎的瓦砾重新站立起来，站成肩膀，站成脊梁。
北川、青川、都江堰的痛，映秀、汉旺、擂鼓镇的伤，
在两个春天大步流星走过之后，漫山遍野的花开了，
那是超越时间和季节的开放，遥远近在咫尺，
就在今天，就在此刻，汶川告诉中国，中国告诉世界——
这里的春天不再走失，欣欣向荣已经栽种在心上。

已经过去了，整整两个三百六十五天，
从第一天天崩地裂开始，中南海不灭的灯光点燃满天的星光，

落地成千万里之外十三亿双噙满牵挂的眼睛，
成为黑夜里铺天盖地照亮废墟的希望。
总书记、总理疾驰在第一线上的脚步，带出人民之师、威武之师，
每一个有呼吸、有生命迹象的地方都有迷彩的汪洋。
白衣日夜在血与泪的浸泡中真正成为天使，
天南海北加入救援的行列都有一个共同的名字叫“志愿”，
那是血脉连接起的长城内外、大江南北，甚至天涯，甚至海角，
每一个肩膀扛起生命的重量。

春天回来了，只有两个三百六十五天，
这里幸存下来的生命，在帐篷、在板房、在废墟的建设工地上，
自力更生，升华了在这里“幸存”下来的全部意义。
在他们身后，世界目睹了一个国家的行动如此浩荡，
四千亿援建资金重整山河，四千亿啊，
东北西北、中南西南，华北华南、沿海沿江，
中国十八个地方政府办公桌上摆放的灾后重建蓝图，
在废墟上成为现实：新城镇、新交通、新学校、新医院，
那是重放的鲜花，比原来更加鲜艳、美好，
这里每一个人的脸上都是灿烂的阳光。

这里经历了举世震惊的灾难，这里创造了举世震惊的奇迹，

九百六十万平方公里的大地，十三亿臂膀托举起中国力量！
这个力量不止是在汶川，在大西南干涸的土地上，
化成甘泉和琼浆，滋润田园庄稼，滋润心房；
在青海刚刚遭遇强级地震的玉树，正在疼痛的日日夜夜，
国就是家，有十三亿人民筑起的铁壁铜墙。
这个力量不只是在中国，在地球的每一个角落，
在记忆中的印度洋海啸、在海地大地震的前线，
中国援助最引人瞩目的就是十三亿人民的慷慨和善良，
把中华民族大写在世界的丰碑上。
所以，世界所有的国家不能不惊叹，不能不因此而仰望东方，
犹如面对高山的仰望！
是的，我们谁都不能阻止灾难的突然降临，
但是中国，也只有中国，能够破解世界性的难题，
面对灾难，面对灾难以后的山河重建，
在最短的时间、以最温暖的阳光抚慰创伤，
以国家的名义，以国家的力量，
书写出世界上最华美的乐章，无比灿烂辉煌！

2010年5月

两扇窑洞的门

聂　权

两扇刻着门神的门
打开
便可望见　脚下不远处
干涸河沟里的椭圆卵石
便可望见对岸
悠远的天地

两扇　与云与天接壤的门
古旧门轴转动“吱扭”一声
便可望见天上的翠色
地上的云裳
望见逶迤道上
赶毛驴驮垛　上下山的人

两扇　连接着劳动晨昏的门
它们无数次地打开
阖上
现在　它们仍然在

二十多年前　渐黑的暮色中打开着
香表姨　“呼哧呼哧”地推拉着年久发
黑的木风箱
转头喊我吃饭
便看见了我
半袖小衬衫　背带黑短裤
小胳膊小腿的
推着铁圈欢呼　上下坡的童年

2010年7月

每一张脸庞里都深居着一个故乡

泉　子

每一张脸庞里都深居着一个故乡
五官、肤色以及皱纹，综合的
是一个风俗的走廊，一个微型的国度
是层层叠叠的地理、气候以及无数的最终
生成了历史的事件
那里有一块土地全部的光荣与耻辱
那里，作为一次如此绵长以至无尽的生命
那最新的呈现与见证

2010年9月

藤 缠 藤

杨晓芸

我又做梦了。梦见你
和我一样老。梦见我们
缠绵的身躯，像藤
紧紧嵌进另一根藤，静静地
互为彼此，一直到死……然而
我们不死。那坚持活下去的部分
准时将我们唤醒：更衣，洗面
拧开水龙头；面对新的一天
言不由衷：“您好。”就像窗台那根
陪伴你多年的老藤，裹挟着自身的分枝
扭曲向上，以此为生。

2011年3月

盛　　泽①

潘　维

“日出万绸，衣被天下。”

——题记

我感受到它的边缘：
锯齿粗钝，形同桑叶；
或像春蚕爬动的触角。
它很小，一次虎跃，就可跨过身体；
它厚实，市场里储满了布匹和工人。
如果一个月夜，我赤脚，
我只能行走在一片织机声里，
踩上的尽是丝绸和钱币。

去年冬天，大雪骑着马头墙，
雪花飘入几百家染坊。
五彩缤纷的不是白龙桥
也不是得意楼茶馆热气腾腾的吆喝，
而是太平街小学严肃的安静。

① 盛泽：属江苏省吴江市的一个城镇，有“绸都”之称。

一种现实主义的新陈代谢
永无止境。突然，它的深呼吸，
被杭嘉湖平原的肌理吸收。
一条雨巷急速穿过电力公司，
抓住东白漾的水光：

哇，好一个鼎器：
从蛹羽化为蝶的碧波，其瓦数
可直抵温暖。

天下如果没有衣被，
何须灵魂盛泽乡土？
我感受到一种妙手回春的成熟，
在经纬里编织隐形的鹤，它的投影。

2011年5月

高　原　上

朵　渔

当狮子抖动全身的月光，漫步在
黄叶枯草间。我的泪流下来。并不是感动，
而是一种深深的惊恐
来自那个高度，那辉煌的色彩，忧郁的眼神
和孤傲的心。

2011年9月

偷走时光的人

冯　娜

我确信　这里潜伏着一个江洋大盗
深夜高悬的星斗探照不到他
花枝和蜂蛹皆诱惑不了他
鸟雀起起落落　布下空空的天罗地网
桥头美妇地啜泣　他也无动于衷
我确信　我往水中投下的每一块石头
他都置若罔闻
他出手奇快　花雾翻飞
奔袭的春汛年年扑空　叫人绝望
扬手撒下漫天花粉
我猜他就高高地站在一瓣桃花上笑——
“我其实什么都不想要！”
从没有见过这样的大盗
慷慨　贪婪　不可捉摸
我确信　他是为了让山川停顿无声无息
让我们衰老得没有脾气
仅仅　偷走了一段光阴

2011年12月

秋风的背面

林　森

没敲门，没用不安、焦急的敲击声
把人心敲进季节深处。没让一个
满脸灰尘的倦客捎带口信。更没铺泛黄信纸
用繁体字，竖着，写下约定的时辰和方位
至于电子邮件、手机短信之类时髦的事物
她就更不会用了，她对快的东西，充满敌意
她很缓慢，却忽然就来了。那个早上
我在公交车上，看到一个青年男人裹紧大风衣

她先挂在院子里的枝叶上，风吹不去，再吹
就浓郁如酒，浓郁如院子外曲折蜿蜒的巷子
她还在天边一角浮泛着隆重的冷颜色
她绵里藏针，是抖落的满地悲喜
步子缓慢，可她催我老，催我在这样的
天色当中，聆听话语平和又忧伤的聂鲁达
他语调如海，让我晕船；催我掉进海水
让我像溺水者般渴望一根稻草

没敲门，没有不安、焦急的敲击声
秋天就到了。来了又走，走了又来
光秃秃的树枝，承受不住那么多沉重如海的目光

秋色蔓延，潮水一般，没有一个缝隙被漏过
热烈过去了，生命疲累。那条巷子在加深
没有光能照到头。是谁泄露了秘密
告诉她我藏在这里，藏在夏天尾巴卷曲分叉的茸毛里
谁一只手牵着她，另一只手把我指认：
“他，在那，在秋风的背面！”

2012年2月

口　琴

刘　年

一

想去乡下教书，
远一点，偏一点，穷一点，
都不要紧。

二

只有八九个学生，也不要紧。
既是各科老师，又是主任，是校长。

三

语文课，
我要和他们一起，读李白的《将进酒》。
一起摇头晃脑，
一起，把什么都忘掉。

四

音乐课，
我教他们《骊歌》。

清新的童声，会像燕子一样，
飞出很远很远。

如果担心听出泪来，
就走出教室。
外面，种着一树无花果。

五

美术课，
我会带他们去村头，
随意画什么都可以，
那里有田野，小桥，老牛，藕花。
或许，还会有路过的大雁。

六

放学后，
学生都走了。
我就一个人坐在矮墙上发呆。

七

山村的夜，
会很静，很长。
不要紧，我带了很多书。

八

我还带了口琴。

2012年6月

此刻生长的

杨庆祥

此刻慢慢生长的
是风
她的裙子华丽
她的肩，植有一棵树

此刻慢慢生长的
是树
身材纤细
她的睫毛如猎豹，守护森林

此刻慢慢生长的
是大阵大阵的风和大片大片的森林呵

万物生长
又何曾顾及他人的目光?

2012年7月

回蒙城兼致旧时同窗

王单单

斜阳染红连绵起伏的哀牢山
像六颗血淋淋的心并排在一起
坍塌的地方，是你们
离别时留下的破碎
相隔十年，我又回到蒙城
奈何明月沧桑，城内无故人

小白，滇西遥远，边关萧瑟
你要学会塞上吹箫，填补内心的空
吉克，彝人之子
传闻你把山鹰当作父亲
早为人夫，做了一个村姑的土司
乔兄，南湖水深，你的睡莲已醒
毕业无多时，她便绽放在别人的波心

阿明，未曾离开过故乡的阿明
像上帝吐出的籽粒，在宣威落地生根
大志，你与雪山比邻而居

请邮寄我一捧雪，晦暗的心需要洁白
我刚从悲伤的悬崖上退回来
丧父半年，至今心有余痛

十年啊，山还有棱，江水仍不竭
岂敢与你们走散
时常想起旧时光 时常梦里回蒙城
这一次，我真的来了
来到我们灵魂的故乡
趁年轻，你们也要来走走
生时多熟悉故乡
死后，魂才不会陌生

2012年12月

在新疆莎车，遇见一位骑着毛驴的维吾尔族老人

龚学敏

在莎车，在一条都塔尔弹奏出的路上，胡杨们像是我的亲戚。
我在一本书饮水的时候，把草播到了毛驴们浪迹过的源头。
老人在馕些许的盐分中教我唱歌，教我把胡须种在广袤的
疆域中。红柳开花，只有一丝的红，
就可以让我怀揣的情歌，
情不自禁。直到月亮的银绸中，
老人咳嗽的声音，被都塔尔随意地弹成一枚枚的玉。

我在葡萄的门槛上跌倒成酒。睁着双眼的毛驴，
替我彻夜读书。毛发长在脸上，
何以姓胡，名须。身旁还有可以弹断泪水的都塔尔。

我把仅有的年龄放在歌声晒过太阳的瓜田里。
老人的花帽，
一路灿放过来。我只是花白，像是一尾熟透的鱼。

在莎车，在一条都塔尔弹奏出的路上，水做的玉石，

铺陈在我用辽阔写成的大地上。琴弦一拨，
我生于蜀地的名字，越渐渺小，在西域的夕阳中只需一步，
我便成一个老字了。

还有身姿干燥的女人，单薄成纸张的诗歌，可以靠着，
一棵叫作都塔尔的树，生活。

在莎车，一双叫作都塔尔的细手，在叶尔羌河隐秘的水中，
给我的女人梳头，描眉。毛驴的白，泊在我想象不及的鸟鸣旁边。
老人说，昆仑不是山。是呀，昆仑是昆，你要读懂。

2013年1月

平平常常的幸福日子

陆　健

终于，儿子女儿
都上班了，结婚成家了
终于，父亲母亲退休了

天下太平，该松口气了
可以读读报，看看电视
了解些婴儿喂养新科学了

电话费却成倍增加
“哎，我给你婆婆买的
保暖背心你忘拿了，来取”

“天气预报有雨，很准的
明天出门，记着带伞”
那头刚挂线，这边又追过去
“路滑，甭再骑车啦！”

周末，就按烹饪书上教的

做几个时兴菜，等着
孩子们回来夸奖自己的手艺

还是失望的次数多
这个很忙，那个有事
“怎么都跟国家领导人似的？”

我的母亲，这时就放下
刚刚拎起的汤勺，叹叹气
有时还没来由地抱怨父亲几句

2013年10月

雁荡山，或我们确实有过可能的山水协会

臧　棣

很可能。复杂从来就没想过
要难为我们。比如，有过可能的山水，
但，绝不会有复杂的山水。
在秋天的雁荡山，这局面
更像是，风景对我们的忠实，
而非我们对自然的忠实。
说到对自然的忠实，从最深的记忆里
醒来的东西，眨眼间便犹如
飞流的岩瀑，向我们手中无形的杯子
不停地，倾倒可口的山水，
直到我们的心脾崛起为我们的口碑。
自大龙湫返回，从不紧张的山水
一再表明：我和你，很像我和鸟；
或者，你和我，很像你和树。
真的会有这么简单？假如你问的是
我们还有没有和山水同样的机会，
我想，我的回答只能是这样。

2014年2月

新年东北

郭力家

新年
冰雪已经全部到位
天色至蓝至冷
语无伦次
地上的欢喜
一团一团的
赶回家里过年的人们
每一张脸上
都露出比门牙还新鲜的人间

新年
选哪一款蚂蚁散步在热锅上
能过过脱俗的瘾呢

新年
感恩祖国
跨越式发展了我的年龄
一夜之间

我的血液反复提速
已经富的流油

窗外的东北跟我差不多
雪上灯火通明

2014年4月

我 爱 你

余秀华

巴巴地活着，每天打水，煮饭，按时吃药
阳光好的时候就把自己放进去，像放一块陈皮
茶叶轮换着喝：菊花，茉莉，玫瑰，柠檬
这些美好的事物仿佛把我往春天的路上带
所以我一次次按住内心的雪
它们过于洁白过于接近春天

在干净的院子里读你的诗歌。这人间情事
恍惚如突然飞过的麻雀儿
而光阴皎洁。我不适宜肝肠寸断
如果给你寄一本书，我不会寄给你诗歌
我要给你一本关于植物，关于庄稼的
告诉你稻子和稗子的区别

告诉你一棵稗子提心吊胆的
春天

2014年9月

清　晨

玉　珍

我渴望美与伤痛的协调
玫瑰与荆棘，懂得相敬如宾

准备好白润的牛奶，
滴入栀子叶上新鲜的露珠
准备好将木桶装入初阳，
秋千上挂着藤萝花。

我认为活着万物美好而生命
将如我一样善良
爱情，这神圣的事物
需要耐心与天真，我几乎看见
在最远的地方，站着最近的你

而我必将相信，美与痛对立着永恒
一天就要开始了
这新鲜让你永不老去

2014年12月

黄昏里的拖拉机

张二棍

必须要认真写写它了
像写亲人一样
这黑黝黝的家伙
它背弃了我童年的印象
在夕阳下，在院子里
沉默，温顺

“像个暴脾气的伙计”
想一想，那时候我多么小
父亲一只手就托起我
放在它的怀抱里。甩着膀子
摇几圈，突突突地走了
一路上，扬起的黄土
和冒出的黑烟，仿佛
父亲大嗓门的歌声一样
占据了整个人间

很多年来，它停在这里

旁边挤满了闲置的农具
它不抱怨，也不讲述
静静的，等待风雨地侵蚀
也许，它早就把路跑完了
也许，它还能吁吁地动弹几下
可在屋里咳嗽的父亲
却没什么多余的力气
甩起膀子，摇动它了

2015年1月

北京胡同肖像

李少君

晨光中站在胡同口提着鸟笼的老大爷的闲散姿态
应该立成雕塑——
那是最著名的老北京风俗画

胡同里的每一块砖都是古董
胡同里的每一片瓦都堪称文物
都应该保护起来

黄昏坐在树下吃饭的一家三口其乐融融的寻常景观
应该永远镌刻——
那是最典型的非物质文化遗产

胡同里的每一棵大槐树都古色古香
胡同里的每一盆兰花都悠久芬芳
都应该予以保留

此外，在这座最生气勃勃的日常生活博物馆里
能否保存屋檐下最古老的那一份温馨

邻里间总是客客气气嘘寒问暖
能否留住树上和墙头长年挂着的那一声声鸟啼
提醒着人世间的某种简单、安静与持续性

2015年5月

彩虹出现的时候

张执浩

松树洗过之后松针是明亮的
河流浑浊，像一截短裤
路在翻山
而山在爬坡
画眉在沟渠边鸣叫
卷尾鸟在电线杆上应和
松树林的这边是松树
松树林的那边除了松树
还有一群站在弧光里的人
他们仰着头
他们身后的牲畜也仰着头

2015年6月

村庄的炊烟

田　禾

有时在一阵无法抵挡的风中
突然拐弯。曲曲直直
像一个书家
在大风中
狂草小村春秋

有时在一片枯败的落日下
扶摇直上
直插云霄
袅袅升腾
根，深深扎在
白发母亲的怀抱里

飘在空中
它是多么轻盈
但我知道
它没有上升的那部分
有多么沉重

2015年11月

父　　亲

刘　汀

生活把全部重量给你
你却轻盈
一手夹烟一手端酒
这世人称颂的毒药
是你苦难的甘饴

在可数的日出中，我们
一起种田
把禾苗与杂草分开
一起读书
把词和词连起来
当你坐下休息
我的世界就完整了

时光的天平终将倾斜：
我落向支点
而你滑去远方
父亲，我爱着你
我爱所有赋予意义的距离

2015年11月

在永失中

陈先发

我沿铿亮的直线由皖入川
一路上闭着眼，听粗大雨点
砸着窗玻璃的重力，和时光
在钢铁中缓缓扩散的涟漪
此时此器无以言传
仿佛仍在我超稳定结构的书房里
听着夜间鸟鸣从四壁
一丝丝渗透进来
这一声和那一声
之间，恍惚隔着无数个世纪
想想李白当年，由川入皖穿透的
是峭壁猿鸣和江面的旋涡
而此刻，状如枪膛的高铁在
隧洞里随我扑入一个接
一个明灭多变的时空
时速六百里足以让蝴蝶的孤独
退回一只茧的孤独
这一路我丢失墙壁无限
我丢失的鸟鸣从皖南幻影般小山隼

到蜀道艰深的白头翁
这些年我最痛苦的一次丧失是
在五道口一条陋巷里
我看见那个我从椅子上站起来了
慢慢走过来了
两个人脸挨脸坐着
在两个容器里。窗玻璃这边我
打着盹。那边的我在明暗
不定风驰电掣的丢失中

2016年8月

傍晚站在玛曲的草原上

隋　伦

云缓缓堆了过来
青山上站起一座塔，
风从山谷吹到山上
又从山上吹向更远的天空

路旁伸进地里的各色旗帜
没有方向地摆动着
我往一条石头堆成的小路走去
把两旁的野草当成
夹道的彼岸花
越往前走，风声就越大
彼岸花就越往地上撞

我猛然回头
那野草还是野草
只是，它头顶的天空
已布满繁星

2016年10月

中华银杏王

丁　鹏

向前的生命之舟。轻盈地
从永恒轮回的旋涡
抽身而出。四千年
她将自己修炼成一鼎炉

将阳光炼成黄金
将诸神的黄金炼成众生的泥土
将回放的月光炼成还魂的药
将沉默的石头炼成

以目裂日、以笔通天的
大将、狂士与革命者
大地在被炸裂和切割的创伤中

复苏。她在摧毁一切的
暴风雨中保存。沂河的河灯
在银河中复现——闪闪的红星

2016年11月

信札，或横琴岛的四个夜晚

霍俊明

“见字如晤。”
“来信收悉。”
“顺颂秋安。”
“吾兄台鉴。”

生和死是一封信的开头和结尾
多么烂俗的比喻
为此却耗尽了一生的理屈词穷
那最后的尾韵让人恍惚

山河无尽
可在信札中安身
托钵僧收容信客的灰烬
异乡人正在收整自己的残衣

海滨墓园的冬青树
已经被另一个诗人写完了
大海不再提供蓝色的解药

挺立的树也是孤独的树

渔火，灯光，眼眸里的星光
这一切太虚假了

鸟雀踩踏过低矮的灌木
有不知名的叫声
蒙面、蒙尘、蒙羞
都镌刻在了水泥的墓碑上

带着星空云图的人
也带着那些小麦色的信札
多么美妙而虚妄的时刻

2016年12月

光　　谷

车延高

一

算不算流失
当年，那么多精英去了硅谷
说实话
现在心里才算有底
很多声音在说
美国有硅谷，中国有光谷

二

如果世上真有神
这里的一切是不是神在起作用

楼长那么高，腰在半空里
一年拉出的光纤
可以绕地球一千七百万圈
一根头发丝细的光纤
可以让二十四亿人同线对话
一平方毫米面积的钢板上

打出二十个直径八十微米的孔
中国每出产五部手机，就有一部
诞生在这里

这里很牛，切割手是隐形的
光走过，不留任何切屑

乔布斯没来过这里
研究乔布斯的人说：乔布斯不是神
下一个黄皮肤的乔布斯
可能产生在这里

三

我琢磨了很久
汉阳造，是一杆老枪
武汉造，是一个产业群
青桐汇，是潜力股
光谷，是硅谷的对手

四

不管是光纤陀螺的本事
还是人的本事
能让光束按预先设计的轨道走
辐射就算懂事了

知道躲开人的保护部位
这挺好的
多了一个不拿薪水的保镖

五

尽管光谷不是稻谷
资本这只鸟儿会成群飞来
时间在验证
马云盯着这里
世界五百强也在抢滩

2017年8月

最高处的漫步

刘起伦

有谁更能像你，最高处的漫步
成为全世界最美最亮丽的风景！此刻
你聚焦亿万双仰望的目光，和
黄皮肤千年飞天梦想。把神话变成现实
把浩浩天宇当作青青草地
如此优雅，如此充满自信
一手挽住广寒宫嫦娥寂寞的红袖
告诉她：归去吧，故园美得已超仙界
一手安抚太平洋海浪的细腰
嘱咐它：该咏唱一支和谐小夜曲
或扬扬手，牧放满天群星
像牧放温驯的羊群

我羡慕你啊，翟志刚
把十三亿人的渴望集合于自己双脚
在长天，闲庭信步
脚印在新世纪的扉页镌刻下壮美诗行
那是一个古老东方大国

征服宇宙的宣言，也是献给人类的大爱

我赞美你，来到最高处漫步的祖国
苦难为巨龙点睛，腾飞才是固有的姿态
从你步伐的来龙去脉，我读懂了
一个不屈不挠的民族，用智慧和汗水
抒写新的荣光！在蓝眼睛的倾听与仰望中
你进军的号角响彻寰宇，坚定的步伐
在行进中，虎虎生风

2017年8月

在高原水乡纳雍

刘迪生

这个春天
我在高原水乡
在纳雍
在古夜郎等你
我们聆听鸽子花温暖的呼吸
云贵高原的总溪河边
有一群正在摆脱贫困的人
他们是我的亲人
他们的脸上汇聚了喜悦

春天是干净的
寂静也是干净的
河流徐徐流淌
炊烟缓缓飘动
山坡上眺望的吊脚楼
流淌着纳雍人舒心的方言

穿青人是明朝将士与土族的后裔

南征的战士在这片神的土地上
每夜含着母语入眠
像泥土里长出来的芦笙
干净的声音
礼赞他们洁净的心灵

西南的纳雍
终生怀揣了一种深沉
充满血的热量
他们等待燃烧
等待一次怒放

高原的风吹拂着
石头已经开了窍
要么说话要么开花
像这里的树木
都会爬山过河走路
悠闲地迎接晨曦送别黄昏

每一条小路都通往村庄
犹如生长在田野的心脏
每一处田野上都是我们的故乡
血管连接着
野花和你沾着土香的名字

这里有值得亲爱的大地
有值得亲爱的人

毕节、纳雍
和我们血肉相连
我们携手去触摸一段舞曲
每一个音符都送出种子
在山路旁边
在村民心里
长出爱心和富饶

金藤将挂满硕果
贫穷不会长久
山花在富饶
河流在富饶
森林、云海、村庄
都持有富饶的爱

2017年8月

洁　　净

欧逸舟

香味什么的，在午后
轻易就能乱你的神
薰色的午后
云捏住光，雪捕住暖

柑橘的脸向着地心皱起来
天马所行之空
并非语词拼缀的阶梯
不然，我们去挖苔藓吧？你好像在说

那我们在多年前读到的词
那总是忘了喝水的多肉盆栽
长出新叶然后死去
被记起被忘却或长成一颗八岁的智齿

香味什么的，来自你
短促 简明 千里
难以识辨的花香，模棱两可的黄昏

一种博爱胸襟

多么遥远呵，多么虚伪
你那么洁净，一尘不染
香味，那个碎掉的肥皂泡出卖你
泛着彩虹光 笑得多开心

噼噼啪啪
像静置多年的薰衣草忽然怒放
仿佛整个白昼在夜里碎了满地
一切都会被镶入木框

这样好吗 你能
为我读一句诗吗？

2017年10月

塔

邓洁舲

立在北京
立在南极
立在炮火连天的夜里
立在斯旺家的后花园
立在四月第一颗露珠反射的第一缕阳光的眩晕里
立在雄辩家掷地有声的每一句承诺里
最后
它立在月亮上
成为一根刺

2017年10月

陆　家　嘴

缪克构

经济脱实向虚
陆家嘴是反对的
在寸土寸金之地
它越长越高
东方明珠、金茂大厦、环球金融中心、上海中心大厦
每一次拔节
它都没有虚度年华

与纽约来客谈完一桩国际并购
我喜欢到国金中心的五十八楼
吃下午茶
烈日下的黄浦江
安静极了
上海证券大厦显示屏上的股指
竖起耳朵
倾听外滩海关大楼的钟声
一艘巨轮的隆隆驶近
也不过是一张轻轻翕动的羽翼

有那么片刻的眩晕
让我以为已经君临天下
其实，我的头上，头的上头
都还在陆家嘴的脚下

金融城的脑际有一片云
贮存着层层叠叠的密码
可以敏锐地捕捉到
密西西比河每一丝细微的风暴

2017年10月

朱日和：钢铁集结

刘笑伟

这是战斗的集群在集结，
在辽阔的、深褐的大漠戈壁疾驰，
翻腾起隆隆的雷声。
犹如夏日的篝火，用暴雨般的锤击，
为祖国送去力量和赞美。

这是战斗的集群在集结。
金属浸透迷彩，峥嵘写满军旗。
中国革命的果实，在我们思想的丛林
扎下深深的根：长征，依旧每夜
在灯光下进行，延安窑洞的烛火
响彻我们灵魂的四壁。

我们是中国军人，
是绿色的海洋，是枪炮所构造的
金属的鸽子，是夏日乐章中
最热烈的一节；是峭壁上的花朵和黄金，
是转折关头升腾的烈焰，

是凤凰涅槃般的浴火重生。
我们守卫着黄河的古老，
守卫辽阔的海洋和天空，
以及敦煌壁画的色彩。
我们热爱的云朵，垂下雨滴
守卫祖国大地上每一粒细微的种子。

这是战斗的集群在集结。
电磁的闪电蓄满山冈，
巨舰驶向深蓝。
我们是深山密林内，大漠洞库里，
直指苍穹的利剑，
是冲击蓝天的极限飞行。
是惊涛骇浪里，潜在最深处的
无言的威慑。我们是神舟，是北斗，
是天河，是天宫，是嫦娥，是蛟龙，
是写在每个中国人脸上自豪的微笑。

这是战斗的集群在集结。
我们是强军征程上，品味硝烟芬芳的
年轻的脸孔；是迈向世界一流的
热切的渴望；是热血开在身体外的
漫山遍野的红杜鹃。

只要有古老的大地，只要有复兴的梦想，
只要有美丽的人流和耸立的大厦，
我们就会永远用警惕的姿势抗击阴影，
只要有祖国的概念，只要和平与爱情，
我们军人的意义就会永远
在大地上流传，绵绵不绝。

2017年10月

大道阳关

陈　勇

一

在阳关，玛瑙酒杯刚一碰到日头
无数条道路便摇着驼铃卷土而来
历史的乡愁囤积在此，绵亘千年
一只蚕的流涎里横贯着欧亚大陆

我以一支竖笛的节拍，把风尘轻拭
把阳关高昂的石碑举过时光的地平线
从长安、汴梁到顺天府，从唐诗、宋词到永乐大典
所有的盛世都在小夜曲里荡过秋千

所有文明的关牒，都不吝于把干戈化为玉帛
把通天大道和闯海码头收入阳关的布袋里
即使百代之后再度出发，也要见证这复兴之旅
怎样让一个几度强盛的古国，重新伫立在珠峰之巅

二

月朗之夜，胡马的嘶鸣，把我从一首边塞诗中揪醒

故国的烽烟只剩下凭吊的废墟，玉器堆满了胡床
兵戈鸣镝埋进了沙砾，将军换了朝服
挂满宫灯的城阙上，贵妃的醉意俯视着能见度最好的山河

这妆奁了和平的镜像里，一条摆渡于时光穿梭机的丝绸之路
从阳关的肩头飘过，在大漠雄鹰的瞳孔中留下倒影
你好，请把波斯、暹罗、雅典、罗马的城门打开
让郑和的船队驱使任意一朵浪花，开遍沿途的岛礁

就像史册里驰行的高铁，一条接近于起飞的蚕
用轻柔的丝巾在大地上轻轻地挽一个结
面包与馅饼、热狗与披萨之间的冷漠或疏离
便在同样的味蕾上迅速和解，万众归一

三

这是在驼峰上汇聚着无限热能的阳关
东来西去的商贾，运载着布匹、丝绢、瓷器
把无数驼印摁进古都的喧嚣和繁华
让饥饿、贫穷与战争在文明的酒幌前打烊

这是被友谊的大道反复印证和签注过的阳关
陌生的面孔正变脸为故人，握手有了温度
一团和气的贸易让秤星懂得了谦让
任何敌视和对立只会令饱胀的欲望两手空空

这是庄严的界碑不再筑起门槛的阳关
美酒、茗茶和咖啡的香味弥散在同一扇窗前
当友好往来不再浅唱于外交辞令，那也不妨
在琳琅的店铺与街衢之间坐落为一种俗套

四

这是大道起于阳关而通于世界的复兴之梦
每一个星座都把漂流瓶写上中国的名字
所有的花都摊开掌心，被正午的阳光所加持
被敏锐的时尚追逐的旗袍，可以将T台直译为丝绸之路
我在昼与夜的切换中对视着这个世纪之梦
我在一粒细胞的渺小中推算着伟大之大
如同阳关以石碑为准星，校正四通八达的大道
如同一匹丝绸，足以调动任意一条陆路或海路的神经

世界，我来了！带着历朝历代出土的名片
一面是驼铃摇曳、轻纱遮面，一面是渔歌唱晚、绿岛浮浅
大道阳关之上，筑梦的中国正破空归来
千年丝路醒转的一刻，正是花枝春满、天心月圆

2017年10月

电　子

秦立彦

当我俯身向春天的花枝，
也许在我身体的最深处，
有一粒电子刚刚获得了意识。

它看见了浩瀚的时间和空间，
看见无数同类——
隔着海，隔着山，
它无法脱离自己的轨道，
它极目眺望，
地平线总是那样遥远。
它想知道这一切的用意，
和这一切中它在怎样的位置。

我们何尝不是宇宙的电子？
也许就在此时，
宇宙正向一枝花俯下身去。

2017年11月

万县之夜

王自亮

山城。巨大的礁石
傍晚时分，轮船拢岸
人群潮水般涌上来
哦，湿淋淋的万县之夜

竹篮里的橘子、背篓
川藤制成的靠椅
还有无价的风、群星
市声喧哗，使人忘记背后是长江
仿佛从另一个世界归来
重温亲切的往日
旅行包，变得鼓鼓囊囊

号子依稀传来，街上行人散去
（找个旅馆。该歇一歇了）
……还是号子，伴以悠远的江声
仿佛万县是号子的故乡

就凭这夜色、涛声和号子
去“知青旅社”投宿时所走过的
陡峭的街
街头摆地摊的小姑娘
结识了单纯如民谣的万县之夜

2018年1月

爱美的人在一带一路

李建春

我把大漠孤烟直，长河落日圆
砌入武昌府城墙的阴影内
我把天女散花、反弹琵琶
糅合到长江两岸山的皴法
我的风骨中，有玄奘横穿戈壁的苦
有从西域来的驼铃，大唐卢舍那的微笑
因为美是轻的，像丝绸一样薄
我贯通了千里和千古当我书写
仕女的肌肤时；后来当义净开辟南线
郑和下西洋，我又为他们扬高帆
用景泰蓝的釉描绘大明的山水
装入货仓。我从未相信我的好日子
会过完。因为幸福是爱走出去的
像昭君出塞，当我低落时
就关起门，把我的女人越画越瘦
参照黛玉葬花的样子。于是痛苦来了
他们走的是另一条路
用我给他们的罗盘，直指我的心脏

我造出万园之园，也敌不过坚船利炮
我的小兄弟们纷纷离开我，鄙视我
其中的一个，甚至打到了武汉
我以笔为枪，以颜料为子弹
宁为玉碎，不为瓦全。谁说我不懂
暴力的美。直到我从重庆
顺流而下，回到原地欢呼胜利
回到原地，像人猿泰山捶打自己胸脯
……为此我需要最高楼，需要
超大型的荒凉。我拆毁了徽派的山墙
建成玻璃幕墙；把男耕女织画成
夫妻双双外出打工。一些星星
闭上了眼睛。我不喜欢朦胧的美
我喜欢一带一路。正如我喜欢汤逊湖
或湿地公园的白蜡树，而平白提升了
江夏画派的威望，把吴伟
描述成一种新风格的创始人和输出者
于是丝绸之路变硬变直。沿着骆驼的蹄印
铺高铁，此地是众多起点之一
何不再度走出国门，穿着新设计的
唐装旗袍？北上，去往中亚、非洲
到地中海汇合；南下，途经自己的岛
用董其昌的士气和波臣派的墨骨
记下一带一路上，各国的风情

2018年1月

起飞中国

——祝贺国产C919大型客机首飞成功

宁　明

我的生命注定要写进这一天的日历
从跨进驾驶舱那一刻起
我就把自己都交给了C919
它也把命运交给了我
这一天，上海浦东机场的天空阳光明媚
把试飞现场几千人激动的心情
也映照得像五月一样晴朗

我调匀呼吸，再次仔细检查每一项座舱设备
仪表板上的每一只指示灯
都向我意味深长地眨着明亮的眼睛
它们像刚踏上花轿的新娘，眼神儿里充满了
难抑的激动，和掩饰不住的一丝紧张
而此刻的我，心情和C919一样
彼此怀揣着好奇，一次次把对方深情地凝视

我了解C919不平凡的身世
也听说过它背后藏起太多的动人故事

它是一个吃百家饭长大的孩子
血液里流淌着几千名设计师的腾飞梦想
就连身上穿的衣裳，也是来自祖国的四面八方
——有成都的帽子，江西的上衣，哈尔滨的鞋子
还有西安的风衣，沈阳的裤子，上海的领带……
这样的完美组合，才更具一副中国的气质

我还知道，C919是一个腹有诗书的才子
据说，它有六项学问至今无人可及
能与这样的优秀者做合作队友
是我的荣幸，更是一种信任的依托
我和C919神情肃穆，静静地昂立在起飞线上
只待那一句“起飞”的口令

发动机涡轮叶片的旋转比思绪更快
我收回想象，目视笔直的通天大道伸向远方
将心中按捺不住的冲动，用刹车止住
C919在静止中积蓄着冲刺的力量
我的心和它一起震颤，一起渴盼
巨大的轰鸣声淹没了外界的一切窃窃私语
一个大国的自豪，即将起飞

我感受到了C919的巨大推力
它正在让一个民族的伟大梦想不断加速

跑道两侧的障碍物统统被甩在了身后
——祝贺国产C919 大型客机首飞成功
速度表上的数字在迅速攀升
我在耳机里仿佛听到了自己的心跳
加速滑跑，再加速、加速——
C919终于盼到了昂首挺胸的时刻

我双手握紧驾驶盘，像轻轻托起
一颗初升的太阳，又像托住了一个初生的婴儿
飞机挣脱大地怀抱的那一刹那
我的心倏然下沉，虽意志决绝，而又依依不舍
这多像十月怀胎的母亲，猛然听到了
那一声让人喜极而泣的幸福哭喊

今天，所有的云朵都格外洁净、安详
它们轻轻擦拭着C919修长的双翼
像抚摩一位新过门的蓝天女儿
C919尽情地沐浴在万里春风和灿烂阳光下
比游弋在大海中的大白鲸游姿更美

飞翔中，我的意志被插上了自由的翅膀
其实，我就是一只巨大的白鸟
用羽翅在蓝天上描绘一幅最美的图画
我要让日月星辰和所有仰望的眼睛

都能看清，并牢牢记下C919潇洒的身姿
记住2017年5月5日这个神圣而庄严的日子

是的，我用使命把C919送上了天空
我的生命，从此注定要和China焊接在一起
天空不再只会掠过A字头和B字头飞机的身影
更多C字头的飞机，将跟随我一起起飞
一个庞大的机群，将穿行在地球未来的上空
用一条条纵横交错的航线
编织出一张巨大的天网，为全人类
日夜打捞，最吉祥、美丽的礼物

2018年1月

走在百姓间

徐崇禧

小时候，老师教给我这样的历史
有一群人，他们领导劳苦大众
把新中国的五星红旗高高举起
长大后，生活又告诉我这样的现实
有一群人，他们始终代表人民的利益
带领我们迈向全面小康的新天地

今天，我又亲耳听到
群众路线的号角吹响在明州大地
今天，我又亲眼看到
这一群人走在百姓的心田里

我不知道你的名字
但你手里的《民情日记》告诉我，你此行的目的

我不知道你的称呼
但你胸前的党徽告诉我，你担负的责任和道义
我不知道你是科长还是主任

因为你随和坦诚的语气，仿佛就是自家的兄弟
我更不知道你是局长还是书记
因为你无微不至的问候，仿佛常来常往的隔壁邻居

这就是你，虽然我们有些陌生
但却好像从来就彼此熟悉
这就是你，虽然我们不是一个行业
但心与心好像从来就没有距离

我深深地记得你的样子
为了这座城市日新月异
战高温、斗严寒
你的身影像高山一样巍然耸立

我深深地记得你的样子
为了万千百姓的民生福祉
白加黑，五加二
你的脚步像流水一样永不停息

我要说声谢谢你
因为有了你的呵护
每一户困难群众从此多了一位连心解忧的身边亲戚

我要说声谢谢你

因为有了你的关心
群众反映的每一个问题总能得到及时的落实

你说，真的不用谢
因为，无论在乡村还是城市
每天都在重复这样的情节、这样的故事

你说，真的不用谢
因为，无论是主要领导还是普通干事
每天都在关爱他人，奉献自己

这些，也许算不上惊天动地的大事
这些，也许算不上卓越的丰功伟绩
但群众利益无小事
微民生，大服务，你们关注每一点、每一滴

然而，正是点滴之水汇成江湖河海
正是点滴小事成就人间大义

看，名城名都的蓝图一天天变成现实的宏伟与大气
看，三改一拆的手笔一天天焕发都市的繁华与雄姿
看，五水共治的画卷一天天重现江南的妩媚与秀丽
看，生态治理的决心一天天发出健康的脉动与呼吸

这是来自广大群众的梦想与希冀
这是来自广大党员的责任和勇气
这是心与心的凝聚，力与力的汇集
这是一切依靠人民，一切为了人民铸就的时代伟绩
让我们高举中国特色社会主义的伟大旗帜
与你一起，不忘初心，砥砺前行
与你一起，撸起袖子，甩开膀子
为中国梦想美丽宁波再续辉煌的一笔！

2018年1月

物联网小镇

王学芯

在吴越的古老土地上诞生
鸿山小镇筑起物联网的巢
看不到的流转波纹
形成秒针回旋

每一个分割都在互联
每一个互联都在意会
传送和网络 集成最简单的术语
数据被潮流引导 被

意识融合
缝隙中的资源和孤独
在一个发光的键盘上进入空气
如同公共大道
沟通毛细血管一样的小径

越过篱笆和壕沟的万物相连
市场如同一个云池出现

微笑曲线
把一个典型的江南集镇
变成世界的城市模块

鸿山的辽阔飘起云彩
一大片柔和的光或树叶过来
使日子和事物
在依存中轻盈上升

2018年2月

石油的排浪

第广龙

在大庆
石油理直气壮
不说抽油机在大草甸上列阵
就是家属院里
银行门前
油井在呼吸
就像一棵树
也像一个人

在大庆
铁人理直气壮
一座桥
一个广场
都用铁人命名
一座铁人纪念馆
陈列的实物
有铁人穿过的羊皮袄
还带着体温

还能让一座石油城
热流涌动

在大庆
石油是一种信仰
燃点最高的
不是柴油不是汽油
是人的初心
那走向大野的身影
就是石油的排浪

来到大庆
我愿意变成一根绷绳
拉直井架
愿意变成一个封隔器
和油层联通
我也是石油人
有着相同的血缘
在大庆觉得亲
在大庆长精神

2018年2月

美好生活

吴昕孺

这是一个梦想的国度。有着
不一样的明月
由刀光和青铜冶炼而成
打开夜晚那座乡愁的仓库
诗人，这唯一而又不称职的搬运工
在漆黑中，迷恋汉语
雪白的锁骨

这个国家的广大，正好
吻合梦想的边界
它将世界的车轴换作春秋的轮辐
追捕唐、宋这一对
逃逸的恋人。从早晨
贯穿黄昏的华美，被裁剪成
浩荡的衣裙

你看那碧水之上翩翩的红蜻蜓
无声无息。不知何来，不知何去

既飞翔，又停伫

它头顶那不易察觉的颜色

可与绚丽的晚霞、飘扬的旗帜

媲美，却永远浓缩着

一小团寂静

2018年2月

海　南　书

李满强

一

当我在纸上写下：海南
远方的三角梅就开了
高大的椰树林，就在晨光中频频招手
当我在祖国的版图上
辨认出我的崖州、琼州，辨认出我的
千里长沙、万里石塘
一株百年黄花梨柔软的金丝里
就荡漾起古老的乡愁

二

这是从冰凉的海水中成长起来的海南
这是火山曾经奔涌不息的海南
这是丝绸舒展、瓷器闪光的海南啊
这也是苏东坡和海瑞念念不忘的海南
当赤道温暖的洋流再度抵达天涯海角
当浩大的春风，在南方骤然生成
共和国年轻的孩子，脱胎换骨

在1988，开始扬帆远航

三

在海口，我曾和一个当年“下海”的诗人彻夜长谈：
“那时，大海荡漾着迷人的召唤
这年轻的土地，期待开垦、播种和繁殖
期待着以最快的速度生长
湖南人、四川人、陕西人、甘肃人……
仿佛世界上所有的人都来到了海南
旅行者、淘金者、冒险者、建设者、梦想家……
在海南，都如鱼得水，都找到了用武之地

四

此后，你看那潮头涌动之处
红树林开始迅速生长。万泉河水
泛着欢乐的波浪。一只漂泊多年的渔船
迅速辨认出了高高矗立的木兰灯塔
莺歌盐场，炽热的阳光和风
一次次重新塑造着大海的形状
三亚、博鳌、琼海……一个个古老的渔村
在时代的春风里，变成了四季花园，度假的天堂

五

跟我去看看三沙吧，去看看

那里的每一个沙洲，睁大了眼睛的蓝洞
当永兴岛上的红旗
在清晨的第一缕阳光之中缓缓升起
你看，祖宗海上
那些美丽的珊瑚，游动的鱼群
一只只在海底自由走动的梅花参
都长成了自己想要的模样

六

时隔三十年，当我在北方高原上掉头南望
我确信，海南啊，那就是我梦中的诗歌和远方
当我坐着环岛高铁，在丰收的阡陌中穿行
当那高高的航天发射塔，一次次
向太空送去我们的问候和探索
当那探海的蛟龙，一回回从深水中成功返航
我坚信潮起潮落之间，已是世事更迭、换了新天
南海上的每一粒沙，都积聚了新的力量

七

而现在，建设美好新海南的宏图已经绘就
而现在，阔步迈进新时代的号角已然吹响
你听，每一朵跳跃的浪花，都在歌唱幸福的愿景
你看，每一艘出港的巨轮，都有着自信的航向
在海南，我曾见明月高悬、海风温柔

守护着一个民族不变的初心
在海南，我曾见旭日东升、金光万丈
辉映着一个东方文明古国崛起的梦想！

2018年3月

高 铁 时 代

王兴伟

在从贵阳到广州的D211列车上
一个背包的小伙紧紧靠在窗边
像要把所有快速退缩的风景
都框在心上。列车飞驰
一闪而过的村庄储存着他不舍的乡愁

多么快，多么快
他想起时光如水，想起贫穷的乡下
车轮碾出的灰尘隔时空飘起

一双赤裸的大脚，十个小时也走不出的大山
就这样被时代，轻轻地掀了过去

这是一条时速300公里的高铁
列车飞驰，沿海与贵州的距离
就在弹指之间

2018年3月

大数据笔记

黄成松

那些年，我们说大数据
进行筚路蓝缕的探索
仿佛是在云端漫步
被人笑话或质疑是难免的
但当别人问起我从事的工作
我从来不会迟疑我搞大数据
那些年，我们办数博会
有人嘲笑我们是异想天开
北上广深的老板过来考察
摇摇头，说别以为请几个人
办几个论坛，就能招商引资了
但我们始终坚信
贵阳发展大数据的方向是正确的
一个，十个，百个……
成千上万的有识之士加入了我们

转眼三年，从无到有
贵阳的大数据，真正落地生根，开花结果

数据开放共享、数据安全、区块链
成为贵阳撬动大数据发展的三大焦点
戴尔、富士康等国内外著名企业入驻了
数据集聚的高端人才形成了“贵漂”现象
“中国数谷”在崇山峻岭之间迅速崛起
贵阳健步走向世界，世界重新认识贵阳
贵州成为全国第一家大数据综合试验区
大数据成为贵阳最响亮的名片
国家总理亦来为大数据点赞
总书记则说，“贵州发展大数据确实有道理。”

2018年3月

生 死 通 道

何永飞

高黎贡山，堵在季节之间，生命失语
生活失色，漫天飞雪封锁住外面的暖阳
火塘成为几代人活下去的唯一希望
火苗忽高忽低，忽明忽暗，寒气钻入骨子

一切即将过去，一切已经过去
日子被改写，时代的翅膀更加坚硬

挖掘机伸出长臂，向危险和艰难挺进
将泥土、岩石和黑暗，从山里掏出来
打通过去与未来之间隔着的挡墙
冰雪化成春水，幸福和温暖，抵达边疆

这是苍天的恩泽，这更是祖国的力量
神话结出现实的甘果，梦，不再只是梦

贫困的影子，彻底拔出，疾病的魔头
羁押于现代医学，身体的经络就像独龙江

畅通无阻，就连一向自以为快的死神
也不得不认输，明亮的灯光，在山间沸腾

2018年3月

中国制造的高纯晶硅

龙小龙

我看见一种有形或者无形的力量
集合着一支队伍
某种一盘散沙的状态终于凝聚成固体物质
具有前所未有的质感和硬度
引领着时代的元素周期
我看见原始的蛮荒与粗野
经过洗礼、合成、精馏、冷凝和还原
经过深层次的围炉夜话
达成了一次又一次的理解与默契
弯曲的道路被工匠精神的热情拉成了
笔直的梦想
我看见种植的黑森林，和小颗粒的阳光
中国的金钥匙，打开了西方的封锁
赋予大格局的意识形态
那闪烁的半导体，正满怀笃定的信念
走向岁月的辽阔

2018年4月

一座以花命名的城市

——写给攀枝花

黄劲松

那么　你是要越过森林的呼啸
在敞亮的道路上
攀上青枝的顶端
在那里　你要安放你盛大的触觉和灵感
安放事物本来就要到达的归宿

那么　你的温暖和疼痛
会孕育于哪一座矿藏
在它亿万年的孕育中
你是否感到了黑暗里正在燃烧的光明
抑或　你会紧紧地守护你永恒的种子
让它在一个春日里遭遇阳光
并且在一句问候中生出翠绿的枝条

那么　你沿着元谋人或者蝴蝶人
扇动的翅膀而追赶遥远
看见他们芳香的体征
在大地上盛开

在他们向未来的奔跑中
有多少鲜花会围绕他们
与纯美的时间相互依偎

那么　你是要以花来命名这座城市
这样你的衣衫才会缀上鲜艳的衣襟
你的落落的花瓣
会在人们的惊讶中四散而去
披在了山与水相约的地方
在此间　一切密语者都呈现早熟的气质

列车呼啸而来
赏春者从不会停止自己的脚步
你的邀约就像一朵时代之花
使每一个到来的人群
都会沉浸在丰美中
期待果实

2018年4月

和城里一样

罗兴坤

母亲说，村里改厕了，洁白坐便式马桶
一拉水阀，水如月光干净
母亲说，村子里吃上自来水
一打开关，老井的水
一眨眼就流回家
她还说，村里厨房改造，开放式的
一打就冒出蓝火
不用蜂窝煤，不用柴草
白白让站了几千年的烟囱
孤独地站着
她再也不用煽风点火，再也不用流泪
再也不用咳嗽
天格外蓝，麻雀在烟囱里抱窝

村里复垦，老房子搬迁，全村住上楼房
夜晚街上路灯通亮，
老村不再叫村，叫社区
户口本上农民改成居民

她们领上养老保险，医疗保险
村广场一到夜晚老人听歌，妇女在跳舞
她也跟着扭几下

她说的时候，在山东老家
我在遥远的北京
她说的时候，我在奔波的生活里
她和故乡就在我的面前

八十岁的老母亲
学会用智能手机，学会微信聊天
她一次次把故乡的新鲜事发给我
把故乡的月亮发给我
把一颗心发给我
这个时代，城乡近在咫尺
乡愁变得遥远

2018年4月

在我的祖国

艾　叶

那时我蹒跚在路上
穿过羊肠小道和乡间小河
在我的祖国，那是我曾经到过的地方
也是故乡最美最亲切的地方
因为有它，我的父母兄弟姐妹
与亲人相依相偎，爱上了居住的村庄
爱上了北方的积雪，爱上了
麦收之后的草垛

大江东去，落日西沉
三十年后门前的大雪依旧飘落
一个敬畏石头的人
在雪地里翻滚，匍匐前进
他背对着半掩的柴门
叫不醒沉沉睡去的亲人
叫不醒沉默的石头，叫不醒
黑夜，雪打灯的照壁

一树梨花开了，春天的祖国
多像花开的海洋
杨柳依依，春风拂面
我已错过了花开的云雪
错过了摇曳的风情
错过了朝圣的寺庙和虔诚
这次我无论如何不能错过了
我要亲吻故乡的每一株植物
穿着布衣，沉实地走进玉米地里
为四季的雨水哺乳一生的矜持
每一株植物都是我的亲人
都是我肌肤上的田园和阡陌

在我的祖国，风吹芦花
黄金的银杏是大地最坚硬的骨骼
还有沙漠中千年不死的胡杨
死后千年不倒，倒后千年不腐
她是我的祖国最不屈的品格
我是如此热爱着具象的事物
星空的高原和低矮的尘世
都是我们居住的地方
每一株向日葵都向着阳光微笑
每一朵久违的月光
都会叩响故乡的门楣

每一株受孕的植物都在秋日分娩
每一片牵手的星夜
都是我们坚守的誓言

秋风中读遍人间的悲怆
在我的祖国，总有我无法到达的地方
如同十月，一场突如其来的大雨
是父亲一生的伏笔
如同十年前，走出听雪的陋室
而现在的我，正期待另一场大雪的降临

2018年5月

向开拓者致敬

远　洋

你，开拓者，一个民族的开路先锋，
肩负时代的巨斧和雷电，
　　和闪着早春寒光的犁铧，
劈开冻云，向板结的土地挑战，
向僵滞的季节挑战，
向藤蔓纠结的藩篱和荆棘封锁的禁区挑战。

你曾喊叫着，行动着，沉默着，
高高竖立起一个开放的雕塑和路牌——

　　把门打开！
　　把门开得大些，再大些！
　　把门框推向两边一直推到开裂！
　　把陈旧而开裂的门框拆下来！

今天，当你老了，本该卸鞍歇息，
你又从头开始，从零开始，从负数开始——
卸掉历史的包袱，

轻装前进，上路！

为突破瓶颈，穿过夹缝，
冲出长长的幽暗的隧道，
指挥着，调度着，大声疾呼着，
让一切走上新的轨道，
走上电缆和光纤铺设的信息高速公路，
让一切高速并且高效地运转起来！

让一道思想的光芒照亮春天的泥泞，
让波澜壮阔的春潮通过你继续汹涌澎湃地奔流，
你筋肉凸突的臂膊仍然迸泻着汗瀑，
你久久压抑的力量也从中喷发出来——
你以抛弃一切和不怕被一切所抛弃的果敢——
仍然站在了时代的最前列！

2018年5月

中国版图

欧阳黔森

沿着中国地图套色分明的版块
向西，向西
跨越横断虚空的断裂
隆起与沉陷
构成大手笔的写意

向西、向西
那儿有狂风般剽悍的骑手
那儿有风吹草低的原野
那儿有高不胜寒的雪山
世界屋脊，雄性十足的头颅昂然挺立
呈现出你大气磅礴的
崇高与威仪
最高处是雪，一片苍茫
一泻千里的两条大河
掠过沧桑，执着而又倔强
只有这博大而神奇的急流
劈开千山万壑

向世界宣告：一片土地
一个民族，曾是怎样的百折不回
怎样的雨雪霏霏，蒹葭苍苍

向西，向西
去骑一骑狂风般剽悍的骏马
去看一看风吹草低的牛羊
男儿要远行，胸中揣一幅祖国的版图
脚下大道通天……

2018年5月

遂 昌 之 夜

汪剑钊

1

遂昌。夜。雨，说下就下，
说停，它也就知趣地停了。我知道，
大幕低垂，而月亮依旧存在，
悬在天边的某处，星星
是一群游动的岗哨，在规定的地带
逡巡。树梢残留的雨滴
像秋天留下的一个个遗孤，顺着
枯而黄的叶子，滑落，
或许出于惊恐，再一次抱紧生命的根须……

乌溪江怯生生地露出消瘦的河床，
在河灯的照射下，黑蓝、透明……
寂静的江畔，一座名为文昌的凉亭耸立，
仿佛赤鳞鱼甩动的一道尾巴。

2

夜莺早已被玫瑰的尖刺扎伤，

田园被厂房和住宅楼覆盖，
一个异乡客，忍住了喷嚏和咳嗽，
却没有忍住对美的向往
（其中自然有对市井的好奇），
手提一小瓶雪梨膏的原浆，行走
在陌生而神秘的街巷，
寻找白昼遗失的一根长睫毛。

石板铺砌的江滨路，楼房
与招牌的倒影在水洼里泅泳，
南溪江的石桥，扶栏上有光斑闪烁，
仿佛小小的精灵在蓝色的丝带上跳舞，
冬天。雨霁。一个普通的夜晚，
日常的温情在流溢……遂昌。

2018年6月

在半空中上班

臧海英

坐在康博大厦24楼
我怀疑现实的真实性
地面上的事物
纷纷缩小了比例，给我看
相比他们，我并没有离天空更近一些
相反，它的高度和广度
继续扩大着我的小
但我已放弃返回地面的机会
自愿在半空中
做个双脚悬空的人
我的工作，就是日复一日
坐在办公桌前，给天空写信

2018年6月